AF143752

SENSUALE

NOUVELLE

Par Malelle

SENSUALE

NOUVELLE

Par Malelle

© 2023 Malelle D.
Édition : BoD – Books on Demand, info@bod.fr

Impression : BoD – Books on Demand, In de Tarpen 42,
Norderstedt (Allemagne).

Illustration : Pexels (Pixabay License).
Conception : Rumjacks (rumjacks@proton.me).

Impression à la demande
ISBN : 978-2-3224-8448-5
Dépot légal : Octobre 2023

Mise à disposition des mineurs interdite (article 227-24 du
code pénal)

Per se… Mythologica fabuleuse en pensées et rêves fertiles, chimériques. Théogonie et naissances de ces créatures prometteuses, demi-dieux fantastiques. Méditative sous des notes de musique qui emportent. Alchimie à travers soi. Per se… Mythologica généreuse en idées et songes imaginatifs, érotiques. Théogonie et créations de ces entités merveilleuses, demi-déesses énigmatiques. Contemplative aux sons qui transportent. Alchimie en un peu de soi. Per se… Mythologica voltigeuse en esprits et fictions fragiles, périodiques. Théogonie et croyances de ces abstractions sulfureuses, demi – divinités fantasmagoriques. Pensive sous des airs mélodiques qui transcendent. Alchimie et un peu de moi.

Per se… Mythologica incroyable en représentations et flâneries utiles, réelles. Généalogie et quêtes de ces âmes idéales, demi-dieux admirables. Méditative sous les arbres des jardins qui emportent. Alchimie à travers soi. Per se… Mythologica fatale en explorations et lubies futiles, actuelles. Généalogie et recherches de ces flammes, demi-déesses sculpturales. Contemplative devant une plante messagère, aux racines se touchant qui transporte. Alchimie en un peu de soi. Per se… Mythologica géniale en invitations et replis visibles, artificiels. Généalogie et collectes de ces étincelles, demi-divinités vénérables. Pensive assise près d'un Salix babylonica, à la silhouette reconnaissable sous le vent murmurant qui transcende. Alchimie tout en moi.

Sensuale

Buée sur ta vitre en suspension dans l'air. Gouttelettes fines d'eau limitant la visibilité. Évanescente… bouches entrouvertes, charnelles. Clairvoyante et réverbération d'efforts graduels. Déposition de rosée. Bruine sur ta glace en suspension dans le vent. Gouttes d'eau mutines réduisant la luminosité. L'émouvante… lèvres ouvertes, belles. Confiante et réverbération d'essais graduels. Apposition d'humidité. Brume sur ton vaisseau en suspension dans le ciel. Perles intimes limitant ta destinée. L'insaisissable… langues caressantes, sensuelles. Clairaudienne et réverbération d'attentions graduelles. Juxtaposition de vapeur rapportée. Clarté sur ta vitre en suspension dans l'atmosphère. Rayons crépusculaires de lumière limitant la visibilité. Évanescente… jambes entrouvertes, charnelles. Clairvoyante et répercussion d'efforts graduels. Déposition d'arc-en-ciel. Éclats sur ta glace en suspension dans l'ionosphère. Lueurs éphémères diffusant dès l'aube. La captivante… cuisses ouvertes, belles. Confiante et répercussion d'essais graduels. Apposition du prisme coloré. Éclairages sur ton aéronef en suspension dans la mésosphère. Raies solaires et traits te mettant en lumière. L'inaccessible… langues tour-noyantes, sensuelles. Clairaudienne et répercussion d'attentions graduelles. Juxtaposition éclairée.

Par moment tu n'es plus toi, lévitation magnétique sans actions et appuis de tes mouvements jerky hot de défi. Maxi… mus interruptus dans ta gorge devenue cramoisie, dingua de toi Infinity. In the future days et jouis vers le noir sidéral, vitale, fly over cunnilinctus. Brusquement on entend ta voix, ambition érotique, abandon et envie de tes écoulements jerky hot de défi. Maxi… mus orgasmus dans tes entrailles à l'envie, dingua en toi Infinity in future days et jouis en un mouvement astral, fly over virale, cunnilingus. En deux temps contre la paroi, élévation physique bien au fond et tu cries de tes étourdissements jerky hot d'Infinity.

Boréalis… Prototype polaris, lumineuse polaire, dansante, viridis dans la lumière. Platine aux nuances nobles, nacrées, arborées. Oxydation… et tu bruisses autour de ta langue sur l'inlandsis. Déclinaison variable, enserre d'une bouche grande ouverte, maximale, écarlate, rouge vif érotica, rythmée. D'un stop… ralentisse…

N'accélère rien gibbeuse Luna, pâle, éclairée, prophétesse. Visionnaire de notre ère, rappelée mi-ombre à la face cachée. Ligne du creux de tes reins aux courbes de tes fesses. À la grandeur du flux imperceptible, darkness. Ne réverbère rien lumineuse Luna, orangée, prophétesse. Visionnaire de notre ère, renommée claire obscure à la figure éclipsée. Chemin vers ta chute de reins au galbe de tes fesses. À la longueur de l'onde invisible, darkness. Respire… dans l'air. Respiration courte, haletante, au souffle vibrant venant du vent. Être vaga par nature, tu t'anéantis et resurgis comme un vœux. Pupa articulée, au teint de porcelaine peinte, bravante et fière au fluide caché. Aspire… dans le désir. Création courte, excitante, au souffle ambitieux venant du temps. Être errant par nature, tu t'oublies et revis comme un espoir. Pupa articulée, intrigante, tu accélères, au fluide dissimulé.

Et encore… goûte, ferme les yeux en une profonde et très lente respiration. Loin de cette enivrante terre aux parterres mélancoliques faits de larmes de rosée. Infinity « Bis repetita »…

Entourée d'entités amies Infinity… Digital love, my dear… caresses virtuelles devant l'écran tactile, in 3000 years. En ce globe immense, transparent, irisé. Dans l'obscurité Herméticus. Véhicule flottant en un écrin fragile, délicat. À mesure… Digital love, my darling… doigts posés sur l'écran futile, in 3000 years. En cette sphère très grande, translucide, argentée. Pour l'éternité Herméticus. Vaisseau dérivant en un écrin agile, Athéa. Dans quelle mesure ! Digital love, my babies… baisers envoyés face à l'écran utile, in 3000 years. En cette boule géodésique, de verre, métallisée. Dans la nuitée Herméticus. Objet planant en un écrin subtil, félicité et nirvana. Au fur et à mesure…

Buée sur ta vitre en suspension dans l'air. Gouttelettes fines d'eau limitant la visibilité. Évanescente… bouches entrouvertes, charnelles. Prophétesse aux pouvoirs divinatoires. Relevant du mystère, impénétrable. Femme guidée et réverbération d'efforts graduels. Déposition de rosée. Bruine sur ta glace en suspension dans le vent. Gouttes d'eau mutines réduisant la luminosité. L'émouvante… lèvres pulpeuses, belles. Clairvoyante, prophétie orale à la dimension surnaturelle. Relevant du surnaturel, insondable. Femme inspirée et réverbération d'essais graduels. Apposition d'humidité. Brume sur ton appareil spatial en suspension dans le ciel. Perles intimes limitant ton futur. Grande prêtresse pouvant prédire l'avenir. L'insaisissable… langues stimulantes, érogènes. Devineresse et réverbération d'attentions graduelles. Juxtaposition de vapeur rapportée. Clarté sur ta vitre en suspension dans l'atmosphère. Rayons crépusculaires de lumière limitant la visibilité. Évanescente… jambes offertes, charnelles. Prophétesse et répercussion d'efforts graduels. Déposition d'arc-en-ciel. Éclats sur ta glace en suspension dans l'ionosphère. Lueurs éphémères diffusant dès le matin. L'intrigante… cuisses découvertes, belles. Confiante et répercussion d'essais graduels. Apposition du prisme coloré. Éclairages sur ton appareil sidéral en suspension dans la mésosphère. Rais solaires et traits te mettant en lumière. L'inaccessible… langues entêtantes, sensuelles. Clairaudienne et répercussion d'attentions graduelles. Juxtaposition éclairée.

Par moment tu n'es plus toi, propulsion magnétique sans animations et amis de tes soulèvements jerky hot de défi. Maxi… mus interruptus dans ta chute de reins rendue rougie, dingua de toi Infinity. In the future days et jouis vers la clarté sidérale, vitale fly over cunnilinctus. Brutalement on sent ta loi, émotion lubrique, abjuration et appétit de tes ruissellements jerky hot de défi. Maxi… mus orgasmus dans ta fente à l'envie, dingua en toi Infinity. In the future days et jouis en un soulèvement astral, fly over cunnilingus. En deux temps contre soi, accession physique bien en dedans et tu cries de tes enivrements jerky hot d'Infinity.

Boréalis… Prototype polaris, lumineuse albi, vibrante, viridis dans la nuit. Platine aux nuances froides perlées, affichées. Ostentation… et tu te hisses avec ta langue sur l'inlandsis. Flexion durable, alanguie d'une bouche grande offerte, abyssale, écarlate, rouge additif erotica, cadencée. D'un stop… ralentisse…

Ne gère rien amoureuse Luna, pâle, éclairée, prophétesse. Visionnaire de notre ère, dénommée ombre partielle à l'avers dissimulé. Tracé dessiné du haut vers le bas de tes fesses. À la lenteur du flot subtile, darkness. N'éclaire rien merveilleuse Luna, rousse, ravivée, prophétesse. Plaines lunaires de notre ère, désignée incendiaire à la mine surlignée. Signe entre tes seins aux courbes manifestes. Aux vapeurs condensées, crédibles darkness.

Respire… dans l'atmosphère. Inspiration courte, oppressante, au souffle agissant venant du néant. Être vaga par nature, tu te détruis et te reconstruis sous leurs yeux. Pupa disloquée, aux membres fatigués s'éreinte, mutante s'enterre, à l'enveloppe masquée. Aspire… dans le souhait. Conception courte, enrichissante, au souffle heureux venant il y a fort longtemps. Être errant par nature, tu t'ennuies et tu rebondis comme une victoire. Pupa disloquée, changeante, sincère, à l'enveloppe sculptée. Et de nouveau… ressens, ouvre les yeux en une longue et très surprenante inspiration. Distante de cette terre laissant sur ta peau bionique la caresse d'une nuit froide, claire presque gelée. Infinity « Bis repetita »…

Elusive love, my dear… pensées virtuelles devant l'écran accessible, in 3000 years. En ce triangle en partance, vivant, pulsé. Dans la lumière Limpidus. Arche vibrant en un écrin visible, plein d'éclat. À mesure… Elusive love, my darling… rêves regardés sur l'écran lisible, in 3000 year. En ce polygone parlant, hurlant, animé. Pour sa gloire Limpidus. Figure vibrante en un écrin plausible, Athéa. Dans quelle mesure ! Elusive love, my babies… fantasmes élaborés face à l'écran éligible, in 3000 years. Delta démarrant, éveillé. Dans la clarté Limpidus. En trois côtés oscillants en un écrin compréhensible, organisé et nirvana. Au fur et à mesure…

Positionnée sur l'endosquelette interne, vectura dans l'amas d'elliptiques contenant. Lignes courbes, profondes, étirées, anthracite mate, englobant. Aux sièges rétractables te couchant. Endosquelette cellulaire, vectura, dans le fond, rayonnement projetant. Arêtes bombées, grandes, allongées, grisâtres sans éclat, enclavant. Aux couchettes rabattables te proposant. Endosquelette à la structure éveillée, vectura, près de l'ombre se propageant. Aux rayons t'aveuglant, ultra-violets, sombres, traversants. Sur ton siège devenu invisible un court instant, te prenant. Endosquelette alvéolaire, vectura, autour du disque bulbaire, aux tentacules incendiaires contournant. Des bordures saillantes, extrêmes, fuselées. Panneau vectoriel signalant, alarmant, cendré. Tactile, caressant sur ton matelas maintenant, te possédant.

Boréalis… Prototype polaris, lumineuse incendiaire, brûlante, viridis dans les ténèbres. Platine aux nuances cendrées irisées, neutralisées. Décoloration… et tu les lisses avec ta langue sur l'inlandsis. Inclination centrale, resserre d'une bouche grande, certes monumentale, écarlate, rouge alternatif erotica, saccadé. D'un stop… ralentisse…

Ne perd rien meneuse Luna, pâle, éclairée, prophétesse. Visionnaire de notre ère, hurlez ombres passagères esquivées. Liens autour de tes mains reliant ceux de tes fesses. À l'ardeur de l'afflux inaudible, darkness. N'enterre rien glorieuse Luna, fauve félidée, prophétesse. Atmosphère de notre ère passant entre toi et une source de lumière azurée. Aux deux ombres parallèles te suivant sans cesse. À la terreur indicible, darkness.

Respire… dans l'ionosphère. Ventilation courte, palpitante, au souffle étoilé du firmament. Être vaga par nature, tu t'anéantis et te réjouis face à l'encre bleue. Pupa remontée, au corps cambré d'étreintes, jouissante amère, sur une couche élevée. Aspire… dans le plaisir. Réalisation courte, exigeante, au souffle vertueux hors du temps. Être errant par nature, tu gis et tu écris comme une échappatoire. Pupa remontée, vivante, volontaire, sur une couche édifiée. Et une nouvelle fois entend, à un nouveau degré l'écoulement, une singulière évaporation. Éloignée de cette dessinante terre, d'arcs-en-ciel venants des flux, formés sous les soleils levants, brûlants. Infinity « Bis repetita »…

Pure love, my dear… envolées virtuelles devant l'écran tangible, in 3000 years. En ce cube en transe, vibrant, illuminé. Dans le bleuté du ciel Caeruleus. Endroit attirant en un écrin sensible, observé sur Gaïa. À mesure… Pure love, my darling… poèmes élaborés sur l'écran mobile, in 3000 years. En ce carré s'agitant, éclairé. Pour l'immensité de la terre Caeruleus. Dé émouvant en un écrin qui cible, Athéa. Dans quelle mesure… pure love, my babies… écrits posés face à l'écran futile, in 3000 years. Rectangle disparaissant, en un jet. Hors de la sphère noire, étoilée Caeruleus. Néant en un écrin invisible, oublié et nirvana. Au fur et à mesure…

Te voilà Infinity, contre l'être à l'allure obscure et impénétrable au regard mystérieux, intense à la lueur phosphorescente qui passe comme une silhouette sans épaisseur. Spectre à l'apparence fantastique et régnant sur les terres lointaines sans compromission. Ombre fantasmagorique comme surnaturel, à la discipline claustrale, près d'une source de lumière. Être à l'attitude ambiguë et indéfinissable aux yeux lumineux, immenses à la terreur éprouvante, cheminant comme un corps sans ardeur. Esprit à la perspective apocalyptique et fuyant les planètes anciennes sans émotion. Sombre, énigmatique et spirituelle, à la vie monacale, à côté de l'origine de l'univers. Être à la parole muette, ineffable aux pensées dans les cieux, silence d'ailleurs comme absent, errant comme une image sans profondeur. Âme magnifique, œuvrant, non humaine sans altération. Hors de la pénombre, électromagnétique aux rayons du soleil principal, loin de la terre, vers Diaphana…

Serre l'androïda Sasha, god là, sur tes reins robotisés, frénétique. Nude technological für dich. Posture innée, orbitale Feminal, crue, tu provoques, à l'armature en composite plein d'effroi… Androïda Sasha, god là, dans ton antre aménagé, caractéristique. Nude technological für mich. Penchant automatisé, orbitale Feminal, lue, se manifeste, au mécanisme cyberfrénetique sans toi… Androïda Sasha, god là, entre tes attributs chromés, érotiques. Nude technological fur uns. Attitude inappropriée, orbitale Femina, crue, sans triche, au dispositif mécatronique data.

Dans l'espace éclair du soleil chromatique sous le cockpit, plaisirs démultipliés, avec Galina, à un, deux ou trois et vice… versa. À la rousseur des peuples anciens. Dans la face lunaire vue de l'appareil magnétique sous le caisson, satisfactions augmentées, avec Galina à un, deux ou trois et vice… versa. Au cœur fabriqué, artificiel, plus humain. Dans l'interface claire du ciel technologique sous la cabine, jouissances recherchées, avec Galina, à un, deux ou trois et vice… versa. Venant d'ailleurs, de la grande terre, au monde éteint. Dans le système solaire de l'astre magique sous le cockpit, désirs amplifiés, avec Galina, à un, deux ou trois et vice… versa. À la couleur auburn au brun. Du côté de la lune vue de la machine diabolique sous le caisson, exhibitions désirées, avec Galina à un, deux ou trois et vice… versa. À l'âme superficielle, en vain. Dans tes liaisons éclaires, regardant le ciel, angélique, de ta cabine, orgasmante, libérée, avec Galina à un, deux ou trois et vice… versa. Partant par ailleurs vers un nouveau demain.

En travers de l'androïda Sasha, god là, dans ta main robotisée, scientifique. Nude technological für dich. Attitude automatisée, orbitale Feminal, nue, tu aguiches, à la structure en plastique plein d'émoi… Androïda Sasha, god là, dans ton poing articulé, spécifique. Nude technological für mich. Aptitude motorisée, orbitale Feminal, vue, s'affiche, au mécanisme cybernétique sans toi… Androïda Sasha, god là, entre tes seins métallisés, magnifiques. Nude technological für uns. Amplitude élevée, orbitale Femina, nue, sans triche, au dispositif informatique data…

Electric movement codés, verra aloès Infinity bi sur son corps éclairant, maîtresses et amants… Sur cet astre géant à l'étoile cachée vers l'horizon. Breath and orgasm statués, arrivera aloès Infinity bi entre son corps brûlant, caresses très lentement. Sigh and cry cryptés, mettra aloès Infinity bi contre son corps apprenant, tendresse et galants…

Electric shock arrêtées, obtiendra aloès Infinity bi en son corps incandescent, caresses très enivrant. Dans cette planète-océan au cœur liquide entourée d'un champ d'étoiles. Sigh and cry chiffrés, tira aloès Infinity bi sous son corps élucidant, fesses et soupirants… Breath and orgasm avérés, là aloès Infinity bi dans son corps consumant, caresses très excitantes.

Mélancolique ciel couvert gris pâle, au vent bruineux mon amie. À la vague… à l'âme. Langueur et rêveries dans ton vaisseau spatial. Souvenirs et mélodies. L'esprit de la beauté s'est emparé d'Infinity. Crépitements et éclats de voix, en une note haute descendant en cascade vers une tierce. Galactique ciel au zéphyr pluvieux mon amie. À la vague… à l'âme. Lenteur sans énergie. Souvenirs et mélopées. Un souffle plein de bonté s'est incarné en Infinity. À la silhouette gémie élancée, taille nue, au parfum fleuri de Néroli. Sifflements, éclats et joie, à la consonance légère et douce. Tu te manifestes en soies très légères, douces garnies. Dans le royaume cendré fantomal immersi. Devant tes yeux écrin gluma bordant comme un vaisseau t'enveloppant nostalgie Eternity. Convoyeur en surveillance stationnaire sur zone. Attractive entité spectrale, transcendante, dénudée dans ta mutation, aux yeux gris, pâles, bleutés. Écrin gluma cernant comme un vaisseau t'entourant nostalgie Eternity. Geocroiseur au vol non progressant. Lascive entité spéciale, brillante, révélée dans ta modification, aux cheveux longs dépigmentés.

Mélancolique ciel aux aurores boréales mon amie. À la vague… à l'infini. Langueur et rêveries. Pensées et mélodies au sein de ton engin spécial. L'esprit de la clarté s'est emparé d'Infinity. Grésillements et éclats de voix, en une note forte descendant en cascade vers une tierce. Synthétique ciel aux teintes magistrales mon amie. À la vague… à l'infini. Lenteur sans envie. Pensées et mélopées. Un souffle plein de volonté s'est incarné en Infinity. À la silhouette émise fuselée, taille menue, à la senteur garnie des fleurs de Néroli. Bourdonnements, éclats et défi, à la consonance pleine de mystère et souffle. Au vol délicat, silencieux, glissant sur les vaporeux nuages gracieux. Au sein du royaume bleu spectral immersi.

Progression d'une copie et corps modelé à la carnation du marbre amarante érudit dans tes velléités… laxes. Dans la tempête de neige, aux airs se repoussant. Possession et plaisirs glossy répétés. Gradation et mèches d'un blond arctique sur ta bouche charnue amarante rougie dans tes idées… climax. Écrin gluma berçant comme un vaisseau te couvrant nostalgie Eternity. Escorteur par vent en biais. Sensitive entité fantomale, éminente, dévoilée dans ta conversion, à la peau diaphane des berges gelées. Évolution Infinity et mèches d'un blond polaire sur tes lèvres pulpeuses amarante réfléchies dans tes pensées… climax. Mélancolique ciel clair devant tes yeux bridés, argentins au pli vertical mon amie. À la vague… de bord. Puissante et brisée à l'intérieur de ton véhicule martial. Chant et vie. L'esprit de la force s'est saisi d'Infinity. Chuintements et éclats de voix, en une note élevée descendant en cascade vers une tierce. Cosmique ciel comme les lagons bleu turquoise, à la lumière des eaux phénoménales mon amie. À la vague… de bord. Aux Senteurs variées poussées par les alizés. Chant et ris. Un souffle chaud a enveloppé Infinity. À la silhouette définie allongée, taille ténue, à la note fraîche du fruit de Néroli. Pétillements, éclats et suis, à la consonance singulière qui touche. Airs des mers insufflant son énergie. Au plus profond du royaume des eaux abyssales immersi.

Ascension d'un sosie et peau lissée à la teinte de porcelaine amarante instruit dans tes souhaits… laxe. Permanence des flocons venant des nuages, aux cristaux formés. Succession et jouissances glossy réitérées. Inspiration et allèles bleus dominants matiasma de ton regard franc amarante variety dans tes observations… climax. Cérémonie et retour vers la nuit. Explosions de désirs, cravachée et masquée avec Evéa, fusion et désintégration. Mise en lurex sur l'astronef non artificiel, affilié. Toi qui atteins une telle splendeur, aux cheveux polaires à la pure blancheur. Mystérieuse et belle Éternity, suivant la prophétie.

Agili… ses mains glissaient sur ton corps pâle albescent et vibravi… de ta bouche rouge laquée à tes seins. Time traveler… affolante Infinity vinyl skin. Tête en arrière, slanting eye, gémis sur une nouvelle constellation.

Cérémonie et retour loin de l'ennui. Déflagration de plaisirs, fessée et éclipsée tout contre Evéa, réaction et fission. Mise en latex sous le satellite naturel non altéré, allié. Toi qui atteins une telle hauteur, aux cheveux lunaires à la pure lueur. Accapareuse et solennelle Éternity, suivant la liturgie. Cérémonie et retour vers l'envie. Domination recherchée au figuré sur Evéa, émotion et attraction. Mise à l'index dans ce corps gravitationnel excité. Être aux vaisseaux au plus haut et gémir sous les yeux de Candy. Agili… ses mains caressaient tout ton corps hâle au vent et vibravi… de ta taille d'une chaîne dorée jusqu'aux reins. Time traveler… troublante Infinity vinyl skin. Tête vers la terre, blue eye, jouis et émissions.

Malédiction d'une copie et traits affinés à la blancheur de la neige amarante érudit dans tes velléités… laxes. Sur les couches glacées de l'eau salée. Disposition et désirs de khôl répétés. Aspiration Infinity et iris pâles comme les glaciers amarante blanchie dans tes attentions… climax. Alternative wolfsmaske sexy… ive, exaltant. Active, imaginative et proposition toute relative, glory Infinity. Caresses de langues sur tout ton body, aimantées. Alternative wolfsmaske baby… ive, dégageant. Directive, incitative et mine vraiment expressive, glory Infinity. Courbes avec les doigts sensuels de ton body, magnétisés. Damnation d'un sosie et paupières étirées, eye shut amarante instruit, dans tes vœux. Expression et jouissances de khôl réitérées.

Agili… ses mains se posaient le long de ton corps albe transparent et vibravi… de ta cambrure évidemment prononcée sur tes liens. Time traveler… attirante Infinity vinyl skin. Tête particulière, pâle eye, cris vers un groupe d'étoiles en circonvolution.

Alternative wolfsmaske agility… ive, répandant. Réactive, imitative et attitude très antipassive, glory Infinity. Ivresse des sens entourant ton body. Électrisée… Alternative wolfsmaske lady… ive, diffusant. Directive, attractive au regard pâle digne, glory Infinity. Messe pour t'honorer tout entière, glissements le long de ton body, galvanisée. Agili… ses mains s'accrochaient sur ton corps galbe blanc et vibravi… de tes fesses fermes musclées jusqu'aux pieds. Time traveler… émouvante Infinity vinyl skin. Tête altière, starry eyes, bruits et projections.

Dans ton cockpit session HTOM 2000, au matricule en mode perfection. Au tempo imminent, voluptas… Vision de l'androïde, crédule sans illusion et terminaisons à l'unisson. Dans l'instant, traversant, il passe solaire, brûlant… équinoxe. Et pourtant sensé ou extravagant, il semble lunaire, hésitant… paradoxe. Pas là vraiment, influençant, il gravite dans l'air, insinuant… intox. Affirmant sa pensée, dominante, généralement tranchante… ninoxe. Au cours du temps, il part éphémère, évanescent… showbox. Perception du robot avec attention et finition le long. Coalition de l'humanoïde aux particules en mission. À la cadence de l'instant, voluptas… Désintégration de la machine qui s'annule dans l'accélération. Par moment, effleurant, il arrive imaginaire, exaltant… équinoxe. Sans venue régulière ou prévenante, il paraît fragmentaire, indépendant… paradoxe. Dissimulant, pas franc, il n'apparaît pas vraiment méchant… intox. Au regard perçant, regardant dans nos âmes, profondément… ninoxe. Pour longtemps insaisissable, intéressant, sans le mettre dans une case, intelligent… showbox.

Éviction HTOM 2000, dans l'édicule sans attention et éviction à l'unisson. Au rythme du temps, voluptas… Voix d'humanoïde modulée, érotique, articulée et s'éblouir, au souffle transformé. Perdue au fin fond de l'immensité de la terre, de l'obscurité, conquise. T'interpellant Infinity, corail sur ta bouche satinée, entité polaire, gelée. Onde et propagation, transire… Voix d'androïde métallisée, bionique, contrôlée et s'enfouir, aux vibrations répétées. Entendue et revenue pour l'éternité de la terre, de la nuitée, acquise. T'appelant Infinity, vermeille sur tes lèvres repulpées être lunaire, glacée. Écho et répétition, transire… Voix d'anthropoïde étudiée, magnifique, évoluée et défaillir, à l'air propulsé. Attendue pour le bien de l'humanité de la terre, de l'opacité et de la banquise. Te happant, Infinity, rouge de ta bouche maquillée, abstraction éclaire, figée. Effet et sensation, transire…

Caresses sensuelles d'Utopia appareil en surveillance éphémère… comme prélude et encouragements manuels qui affleurent par la source de Vénus. Eaux abyssales Hédera Cypris… grimpante, enivrante. Dans ton oasis, perle et agitation, pierre roulée, agate bleue naturelle entre tes mains Cyprine. Douceurs voluptueuses, intimes comme une annonce stimulante, brûlante qui effleurent par les larmes de la grande déesse. Flots absolus, Hédera Cypria… montante, entêtante. En face de ton éden, bouton de rose et incitation, pierre comme un diamant, la tanzanite bleue, rare entre tes doigts Cyprine. Gentillesses jouisseuses, subtiles comme un avant-goût excitant, tempétueux qui frôlent par le feu de la fille de Gaïa. Ondes profondes Hédera Cypris… participante, ensorcelante. Près de ton paradis, bijou et invitation, futiles, pierre précieuse, saphir bleu pur reprenant le pouvoir Cyprine… troublante. Étreintes charnelles comme achèvement et apothéose pour elle qui s'avance par la source de Vénus. Plaisir abyssal Hédera Cypris. Grimpante, enivrante. Dans ton oasis, perle et agitation, pierre roulée, agate bleue naturelle entre tes mains Cyprine. Bontés indescriptibles, incarnées comme une annonce réjouissante, ardente qui accède par les larmes de la grande déesse. Volupté absolue, Hédera Cypria… montante, entêtante. En face de ton éden, bouton de rose et incitation, pierre comme un diamant, la tanzanite bleue rare entre tes doigts Cyprine. Attentions délicates, douces comme un avant-goût émouvant, tumultueux qui émeut par le feu de la fille de Gaïa. Jouissance intense Hédera Cypris… participante, ensorcelante. Près de ton paradis, bijou et invitation, futiles, pierre précieuse, saphir bleu pur, reprenant le pouvoir Cyprine… troublante.

Étreinte modérée, réservée qui s'achemine. Puissance Echeveria et abandon d'adrénaline, absolue, ultime. Chemin vers le point culminant, intime, aux nuances subtiles, aux zones du plaisir éternel. Diffusions de délices naturels sous le miroir pur, ancestral. Nous renvoyant à l'aube aurora glaciale. Vibrante, ample cristalline jusqu'aux premiers temps des origines. Pression mesurée, contenue qui s'achemine, force Echeveria et décharge d'adrénaline. Accompli, suprême, sente aux zones du désir originel. Émissions de saveurs naturelles sous le miroir pur, ancestral. Nous renvoyant à l'exorde blanc, immuable. Intense, enivrant, argentine jusqu'aux premiers temps des origines.

Volant au-dessus d'Irès, satellite stabilisant l'axe de rotation de la plénitude Aréa. Petit, sphérique du système interne. Objet céleste qui orbite autour d'elle. Elle se souvient d'elle et de Maïa sur une bande étroite unique de la gorge du plaisir et de l'envie. Née de la rencontre du flot exaltant et du flot troublant du désir d'Utopia et Maïa réunies. Pensées intimes pour soi et en soi, bouches ouvertes, sensuelles et chaudes. Dracula simia, orchidées Monkey. Messagères au geste romantique, embelli. Dans leur domaine réservé, feuilles de palmier et lotus coloré. Effluves émanant de ton passage aux notes opulentes de néroli. Cônes floraux, acidulés et fleuris, puissance et mystère, embaumant. Aux iris noirs, Dracula's kiss cherry, en roi de la nuit. Entourées de chants psalmodiés s'élevant. Bande étroite unique de la gorge de la volupté et du souhait. Issue du croisement de l'onde albe et celle de Sappho, du désir d'Utopia et celui de Maïa réunies. Âmes cachées pour toi et en toi. Baiser intense, langoureux, soufflé, Dracula giga, orchidées Monkey.

Messagères au geste mélancolique, embelli. Dans leur sanctuaire privé, feuilles de palmier et lys en bouquet. Exhalaisons découlant de ton passage aux fragrances de néroli. Suaves hespéridées fleuries. Énergie et ténèbres, parfumant, aux roses noires, Dracula's kiss, roses d'encre foncée. Enveloppées d'incantations s'élevant. Bande étroite unique de la gorge du contentement et de l'attirance. Apparue lors de la réunion des regards bleu céruléen et céladon, du désir d'Utopia et de Maïa réunies. Pensées confidentielles pour soi et en soi, baiser passionné profond tout entier. Dracula Vampira, orchidées Monkey.

Messagères au geste unique embelli dans leur éden fermé, feuilles de palmier et fleur bleue vénérée. Effluences provenant de ton passage, aux émanations généreuses de néroli. Force et secret, alpines sombres en reines de la nuit. Protégées de la gorge de la jouissance et de la tentation. Fruits de la jonction des vagues tempétueuses et celle aurora, du désir d'Utopia et celui de Maïa réunis. Âmes enivrées, Dracula transylvania, orchidées Monkey.

Messagères au geste magique, embelli. Dans leur antre secret, feuilles de palmier et fleur sacrée. Bouquet dû à ton passage, aux arômes abondants de néroli. Intensité et arcanes, encensant aux pétunias noirs, Dracula's kiss Hybrida s'abandonnant dans les doux bras de Maïa.

Du vaisseau d'Utopia on aperçoit de nombreux cratères d'impacts entourés d'éjecta éclatants. Tel un ruban coloré, céleste, du ciel visible opposé au soleil. À l'apprentissage ancestral, millénaire. Arcs-en-ciel aux couleurs séparées au dégradé de teintes continues, brillants lors de pluies.

Au pluriel des noms… composés. Attache adorée, aérienne. À l'initiation ancienne, séculaire, aux pratiques fantasmées. De deux ou trois mots… séparés. Lien chamarré, élevé. À la mise en scène antique, reculée. Cordelettes tour mort et deux demi-clés. Écoute de sa voix dans un passé ébloui. D'un trait d'union… ou non. Devant ses iris pigmentés, maléfiques, son regard pétrifiant, glaçant. Yeux vert-de-gris, aux teintes cuivrées. Au pluriel des noms… composés. Son œil aux reflets ambrés, diaboliques, aux expressions féroces, sauvages. Yeux rougis, aux douleurs cramoisies. De deux ou trois mots… séparés. Limbe, fine membrane couvrante. Âmes de l'au-delà près de l'enfer, lien entre les termes. D'un trait d'union… ou non. Face à ta coiffure en croc sophistiquée. D'une fine mèche de cheveux lissés, accroche-cœurs aux boucles plates Utopia. Au pluriel des noms… composés. Sur ta tempe délicatement posée. Autour de ton visage sublimé, guiches laquées et plaquées. De deux ou trois mots… séparés. Frisettes façonnées, sculptées, au temps jadis, boucles plates et crochets. D'un trait d'union… ou non.

Lien bigarré, ailé. De l'au-delà, l'autre côté. À la formation immémoriale, antédiluvienne. Arcs-en-ciel aux teintes éloignées, a l'étalement de colorations ininterrompues. Éclatantes sous une brouée. Au pluriel des noms… composés. Corde vénérée, astrale. À l'assimilation aînée, du passé, aux rites chimériques. De deux ou trois mots… séparés. Bande constellée, étoilée. À la présentation surannée, éloignée, ficelles nœuds de taquet et utiliser. Suivie de sa gestuelle dans un passé détruit. D'un trait d'union… ou non. Face à ses pupilles ornées, démoniaques. Son attention figeante, polaire, yeux vert-de-gris, aux tons cuprifères, affres carmin. De deux ou trois mots… séparés. Corolle, pire enveloppe transparente. Esprits du monde des trépassés, lien entre les termes. Senteur de son odeur dans un passé enfoui. D'un trait d'union… ou non. Près de ta coiffe en croc élaborée. D'un fragile épi de cheveux satinés faisant vaciller son cœur Utopia. Au pluriel des noms… composés. Vers ton image doucement affectionnée, aura illuminée, guiches lustrées, éclairées. De deux ou trois mots… séparés. Désir grandissant, conscient depuis la nuit des temps. Boucles aplaties et circonvolutions, touchées de ton visage dans un passé comme étourdi. D'un trait d'union… ou non.

Survolant la grande cité aux constructions vertigineuses, à l'architecture inorganique. Près de lacs sculptés par les glaciers à la couleur bleue douce, poudrée. Attirance comme étourdie d'envies irrationnelles. Désir déraisonnable d'élans au pluriel. Vent tempétueux, envie obsédante, démesurée et puissante. Sous une étendue de glace bleuie à la teinte azurée, pâle, isatis, blanchis. Corps consumés, brûlants, passion dévastatrice, rougissante.

Amour sophistiqué en vers mesurés. Te rapprochant de ceux d'Alcée, d'Andromèda et Médusa. Langues caressantes de la nature des déesses dans le cercle de Sappho. Idylle impertinente, bravante du bas vers le haut. Parenthèse respirante, entêtante la Philia. Chœur de la lyre poétique, métrique strophe saphique. Chuchotements de désirs, de feintes et de fentes pour s'ouvrir. Amour passionné en vers démesurés. Ressemblant à ceux alcaïques et aimés, d'Andromèda et Médusa. Mains pénétrantes de la terre des dieux dans le cercle de Sappho. Idylle impertinente, jouissante, prises toutes entières vers le ciel et dans l'eau. Parenthèse légère, enivrante la Philia. Chœur de la mort et de la renaissance cosmique, métrique, strophe saphique. Bruissements de plaisirs, de lents et de maints soupirs.

Amour réinventé et vers pour l'éternité. S'accordant à ceux du poète de Mytilène adoré, d'Andromèda et Médusa. Mouvements érotiques du mont Olympe dans le cercle de Sappho. Idylle impertinente, excitante au plus chaud. Parenthèse libérant, étourdissante la Philia. Chœur des muses, lyrique, métrique, strophe saphique. Gémissements et jouir, de sentes et chemins pour ressentir, passion raffinée en vers mesurés. Te joignant à ceux de Persée, d'Andromèda et Médusa. Langues tendres de la nature des immortelles dans l'anneau de Sappho. Églogue insolente, défiante du bas vers le haut. Incise courte s'insérant, le Philia. Chœur d'Orphée lyrique, rythmique, strophe saphique. Murmures d'envies, de fentes et de feintes pour éclore, se révéler.

Passion affolée en vers démesurés. Semblables à ceux alcaïques et éprouvées, d'Andromèda et Médusa. Mains clairvoyantes de la terre des divinités dans l'anneau de Sappho. Églogue insolente, orgasmante, prises toutes entières vers les cieux et dans les flots. Encise éphémère s'ajoutant, la Philia. Chœur du trépas et du renouveau céleste, rythmique, strophe saphique. Frémissements de volupté, d'alanguies et de nombreuses plaintes. Passion renouvelée et vers pour l'immensité. S'accordant à ceux du poète de Mytilène bien-aimé, d'Andromèda et Médusa. Impulsions sensuelles du domaine invisible dans l'anneau de Sappho. Églogue, insolente, émouvante au plus brûlant. Incise affranchie, strophe saphique. Bruissements et jubiler, d'allées et parcours pour apprécier.

Véhicule spatial, vaisseau spécial propulsé au centre de vestiges du passé. Lac subglaciaire en dessous, encaissement des cours d'eau et retraits. Projection lacunaire sur tes écrans. Scintillements Lacuna au contact ébauché en des poses artificielles, lascives, exagérées. Invitations pour plus d'images générées… corps cambré, atomes offerts tout entiers. Allumages et frustrations. Engins spatiaux, navire spécial projeté au milieu de vestiges oubliés. Diffusions fragmentaires sur ton moniteur. Clignotements Lacuna au contact incomplet en des attitudes superficielles, sensuelles, appuyées. Incitations pour plus d'images produites… Jambes décroisées, atomes ouverts pour allumer. Démarrages et interruptions. Satellite artificiel, appareil conventionnel exposé dans l'axe de vestiges rapportés. Sommet d'ascension tout en haut, précipitations et retraits. Lancements volontaires sur un dispositif lumineux. Rayonnements Lacuna au contact inachevé en des allures illusoires, sexuelles, poussées. Excitations pour plus d'images créées. Intimité glacée, atomes découverts pour l'éternité. Dérapages et interrogations.

Atterrissage sur la planète bleutée, électrisante. Caresse sur son cou délicat sous un Sakura. Aux pétales blancs alpestres au rose poudré. Nouant son nagoya obi brodé d'or lors du Hanami sur Gaïa. Geste plein de délicatesse très lentement sur sa taille fine. Passion du cerisier en fleur. Miss Yoko… émouvante en kimono traditionnel aux couleurs chatoyantes. Sous un souffle de vent odorant. Cordes vocales vibrantes qui enchantent. Caresse de sa chevelure brillante sous un Sakura. Au port épandu et âme aplatie. Ornant son shimada de style tsubushi lors du Hanami sur Gaïa. Geste plein de sophistication très soigneusement sur son majestueux port de tête. Adoration du cerisier en fleur. Miss Yoko… fascinante en kimono de soie aux tons du renouveau. Sous une douce brise rafraîchissante. Cordes pour le shibari attachantes qui lient. Caresse de ses poignets sous un Sakura. Aux fleurs douces et pleines de pureté. Fixant ses tabi clairs, immaculés lors du Hanami sur Gaïa. Geste plein de finesse très doucement sur ses chevilles nues. Adulation du cerisier en fleur. Attendrissante en kimono de ses ancêtres aux teintes de la belle saison. Sous le zéphyr léger, parfumant. Appontage sur l'astre étoilé, émouvant. Manipulation des surfaces, des commandes et des instruments du poste de pilotage. Examen du système de propulsion et son moteur à antimatière. Captation d'un organisme cloné. Multiplication d'un fragment de son code chimique. Dans un club et stroboscope clignotant sur une piste grisante. Nayonni femme affriolante à l'apparence sensuelle, unique. Conservation exacte de son matériel génétique. Charmeuse établie sur Gaïa, pensive, égarée dans un songe se découvrant. Copie docile, obéissante. Mouvement fort, chimères et vérités. Aux formes adorables pleines de volupté. Comme un breuvage d'amour depuis les temps jadis à la beauté énergisante. Aux essences des légendes de notre imagination. Élans frénétiques, modérés à abondant entre ses lèvres, ardent. Éruption inévitable comme une poudrière l'adulation pour le futur. Accrochant, flirts, désirs de sexe, encourageants, éperdue, mais suave en impesanteur. Romanesque, méditative, écartée de toute impression visible, s'éveillant. Énigmatique, indocile, favorisée d'un bel éclat. Tu es séductrice… reflet des abîmes à la glaçante étendue. Passion voluptueuse, agréable, magnifique. Nayonni dénudée en talons aiguilles, émouvante, chimérique.

Captation d'un organisme cloné. Multiplication d'un fragment de son code chimique. Dans un club et projecteur de lumière attrayante sur une piste électrisante. Nayonni femme aphrodisiaque aux formes érotiques, singulière. Conservation exacte de son matériel génétique. Amoureuse avérée sur la terre, songeuse, perdue dans une rêverie, s'effeuillant. Imitation sage, disciplinée. Geste puissant, fantasmes et réalité. Aux contours admirables pleins de légèreté. Comme un philtre d'amour depuis la nuit des temps au charme stimulant. Aux élixirs des mythes de notre imaginaire. Désirs violents, doux à fort dans sa bouche, brûlant. Explosion fatale comme une poudrière de passion pour l'éternité. Piquante, romances, rêves de sexe, stimulants, exaltée, mais tendre en apesanteur. Rêveuse, pensive, isolée de toute sensation extérieure, s'excitant. Mystérieuse, indomptable dotée d'une grande beauté. Tu es fatale… miroir des précipices à l'effrayante immensité. Amour sensuel, réjouissant, magnifique. Nayonni nue en talons aiguilles, grimpante, impudique. Effeuillage Sensuale de ta combinaison iconique en usage comme un mirage, collées peau à peau, renversante, presque aérienne, connexion Nayonni. Aiguillage Sensuale vers ton visage de l'appareillage, convection Lady. Personnage Sensuale dans ton assemblage clonique de veste et pantalon, soudées puissantes ou fortes, basculantes, presque terriennes, confection unie. À l'image Sensuale de cet alliage brillant, annexion qui irradie. Couchée, volage, Sensuale sur le corps sage, tonique, attaché de sentiments idem, stupéfiantes, presque aliennes, sublimation de Infinity. Allumage Sensuale du vaisseau atmosphérique sans appontage, fait de deux alliages. Magnétisées comme un présage, innovantes, presque humaines, évolution vers l'infini.

Atterrage sur son sol brillant. Étendue aux ailes déployées. De la soie Lola dans ta coquille fragile, oréade. Sur tes cuisses albes ou rougies. Moires, elles sont trois tissant le fil de ta vie. Isolante chrysalide te refermant sur toi. Telle la nymphe des univers. En être discrète perle et délicatesse. Ton cocon avec Médusa céleste, nymphose et transformation. De la dentelle Lola dans ton abri subtil, dryade. Sur ta demi-lune rosée. Broderie sans fond, brin de soie passé. Enveloppante chrysalide… faisant preuve de timidité. Telle la nymphe des galaxies. En être modeste, sans défaut et gentillesse. Ton cocon avec Médusa céleste, mue imaginale et évolution. Du taffetas Lola, seule, hyade. Sur tes jambes brûlantes ou dorées. Divinités, elles sont trois brodant le brin de ta destinée. Cloîtrant nymphe… t'isolant des autres.

Allongée aux élytres dépliés au sein de l'astre éclairé. Telle la néréide du cosmos. En être désiré pierre et rareté, ton cocon avec Médusa divine, nymphose et changement. De la guipure Lola dans ton refuge raffiné, Naïade. Sur ton mont de Vénus lilas. Couture abyssale, fil de brocart d'antan. Aimant vivre seule faisant preuve d'indépendance. Telle la néréide du milieu. En être passionné pierre et rareté. Ton cocon avec Médusa divine, émergence et manifestation. De la laine Lola dans ton esprit de catin, orodemniade. Sur ton décolleté plongeant. Brin vierge, agréable, duveteux et amélioré. Encerclant nymphe faisant preuve de légèreté. Telle la néréide des abysses. En être enflammé, sans hésitation et caresses. Ton cocon sans Médusa divine, mue imaginale et libération.

Ton amie… inspirée de la pierre à la couleur pure, teinte de feu. Protectrice, souveraine en ces lieux. Vêtue de Cyan des Lochs aux glacières vallées, bleutées. Pleine d'admiration, de passion, de loyauté. Ingénue à la bonté incarnée. Emblème du bonheur dans les anciens temps. Amour divin, suprême reconnu pour longtemps. Comme la gemme la plus précieuse. Élégante et audacieuse. Symbole d'un amour enflammé. Brûlante à la personnalité marquée. Éclaireuse aux atouts féminins d'Amazone, femme guerrière. Au charme fou, la belle incendiaire. Indépendante étouffant l'incendie. Aventurière au joli nom et prénommée cyborg Ruby.

Fundamentum de son imperfection hydre, technologique, mécanique, presque développée, entendant sa voix, au souffle flaw, d'existence. Loin de la prêtresse, fils torsadés, s'enlacent, sur tout son corps, courbes et doubles courbes. De métal et cuivré, ornemental. Futura… Être incomplet, serve défectueuse. De la société en liesse et souffle lascivement, œuvrant aux yeux humides, rallumés. Entourée de leurs bras puissants. Ruby glissant vraisemblablement vers le désir, évocation dans son centre, appelée Essaim chromé… Fundamentum de son émotion hybride, mathématique, calculé, écoutant sa voix, au souffle flaw, d'existence. Loin de la prêtresse, fils consumés, s'opposent, s'accrochent sur toute sa surface, d'or et métallisée, crucial. Futura… Entité remontée, serve lacuneuse. Toute l'assemblée se presse et souffle langoureusement, à la poitrine relevée, tendue, forme arrondie, léchée de leurs langues avides, chaudes, Ruby clignant des yeux, aux sens interdits. Requalifiée, Essaim chromé… Fundamentum de son excitation inclusive, à l'évocation insensée, dans les zones imperceptibles, certainement peu évoquées, spéciales. Futura… Créature vibrante, serve sinueuse. De la société précieuse et expire, après l'enfer le paradis, hurlant de sa voix, au souffle flaw, d'existence. Loin de la prêtresse, fils câblés, autour de son enveloppe, se heurtent. Atomisée, bestiale. Futura… cyborg électrisée, serve accrocheuse. Et s'empresse soufflant et gisant Essaim Chromé…

Ton paradis… guidé par la pierre à la nuance naturelle, pigment au flambeau. Admiratrice, gardienne des cieux. À la vue bleu-vert des lacs aux mystères jamais élucidés. Peine d'adoration, d'émotion, d'honnêteté. Nue à la beauté sublimée. Sème des lueurs de l'aube au couchant. Jour d'hier et demain résolument. Au dilemme d'aimer ou d'être butineuse. Au sol… orgasmer. Choquante à la liberté démontrée. Aventureuse aux avantages certains d'Amazone, femme guerrière. Aux attraits en dessous, la belle incendiaire. Émouvante brûlant sa vie. Visionnaire au beau nom et dénommée cyborg Ruby.

Fundamentum de son apparence hydre, cybernétique, mécanique, avancée, préparant la voie, au souffle d'inspiration, de vie. Loin de la vestale, langues tournoyantes, faciales. Futura… Être étrange serve ravageuse. De la communauté initiale et souffle lentement, ouvrant ses lèvres humides, nacrées, entourées de leurs bras puissants Ruby glissant irrémédiablement vers le plaisir, aux papillons dans le ventre, appelée Essaim doré… Fundamentum de son système hybride, électronique, évolué, préparant la voie, au souffle d'innovation, de vie. Loin de la vestale, peaux collées frontales. Futura… Entité baroque, serve dangereuse. De la colonie originelle et inspire plus rapidement, soulevant ses seins, parfaits, galbés, caressée de leurs mains chaudes Ruby fermant ses yeux, au rythme qui l'envahit, rappelée Essaim doré… Fundamentum de son cerveau, aux fonctions exécutives, cellules mi-humaines, cylindriques, édifiées, préparant sa voie, au souffle d'évolution, de vie. Loin de la vestale, dans les zones activées, totalement excitées, cérébrales. Futura… Créature étonnante, serve tempétueuse. De la compagnie principale et expire en accéléré, tout son corps en fusion, incandescent, poussé contre leurs torses larges Ruby brûlante et jouit une, deux, trois fois… surnommée Essaim doré… Fundamentum de son excitation exclusive, à l'évocation insensée, dans les zones imperceptibles, certainement peu évoquées, radicales. Futura… Aventure émouvante, serve amoureuse et s'empresse soufflant et gisant Essaim doré…

Gladiolus by Ruby… dans le vent solaire, d'envols particulaires, en surface, hors de la région centrale, elle s'allonge posément vers le plaisir inexorable, fatal. Impulsions précises exigées, visibles au-dessus, mais ne s'efface. Tempêtes et rafales de poussières globales. Ruby ardente, expérimentée. Là, une expiration calme, lente, dans cette étreinte qui s'installe dans la durée, impulsions précises, amplifiées. Voici une inspiration plus rapide, plus forte, apercevant le désir qui s'avance. Condensation vers les cieux envers ses dieux. Vent solaire qui se dissipe tel un espoir, près du sol bistre, terre de Sienne. Abandon expirant d'un coup de reins réticent. Et à nouveau les gestes justes, ne pas s'éteindre un instant. Sans indécision, dans une allure fière.

Gaz respiré de ta bouche Ruby…

Sous un brouillard subit, glacé, éphémère. Mouillant tes cheveux roux, beauté cyborg et tes yeux grisés, clairs, au teint entre le pâle et le doré. Considérant ta propre enveloppe. Exposant son sexe et perçant ton âme. Acte puissant, assénant des coups vers l'avant, impulsions précises, violentes, traversantes. Maintenant une expiration précipitée et bruyante au son d'impacts de coups de reins. Fer dans la chair. Aventureuse, humiliant tes partenaires. Leur ôtant toute énergie. Dominante à la grande stature. Cruelle, rageuse, adoptant une posture. Sur un lit brun-jaune de terre, réchauffant l'air.

Sous les sons bas et rauques, sexuels, excitants, de mâles virilis. Aux paupières fermées, en transe et profondeur aveuglante. Prenant ses tripes par amour à l'envie… dévotion érotique, chaude, masculine, évocatrice. Et elle supplie… de plus.

Gladiolus by Ruby… entourée de cristaux de glace d'eau, vers l'espace spacial, elle s'étend sereinement vers l'obsession, inexorable, virale. Impulsions relâchées, châtiées. Tourbillons dans les déserts vers l'horizon. Ruby doucement lovée, mais ne s'efface. Là une expiration silencieuse, dans cette folie qui s'est tue, impulsions floues, détenues. Voici une expiration plus subtile, plus fulgurante et résolue, apercevant la tentation qui s'approche. Aux zones d'accrétion, capture de matière et prière vers son sommet, « l'Olympus ». Terre qu'elle fait sienne, cratérisée, au courant-jet. Relâchement respirant d'un enlacement hésitant et à nouveau une attitude appropriée, bien ancrée dans le temps. Sans hésitation dans une attitude légère.

Gaz respiré de ta bouche Ruby…

Sous le méthane et poussière, d'élans corpusculaires. Recouvrant ta chevelure ambrée, beauté spéciale, mythique et ton regard gris pâle, à la mine mordorée, miel. Regardant son sexe, vulnérable à la fragile allure. Fière, triomphale adoptant une posture. Dans les profondeurs orgasmiques, brûlées par le rayonnement solaire.

Sous les voix graves et sombres, vibrantes, de mâles virilis. Aux yeux de la pénombre, intenses à la terreur éprouvante. Prenant ses tripes pour toujours, ma chérie… inflexion érotique, chaude, masculine, dominatrice. Et elle supplie… d'envie.

Cyborg tu sortiras de cette obscurité, cela ne sera qu'une simple éclipse, loin des ténèbres. Afin de revoir la clarté comme au début de la création, à l'origine du temps. Dans le royaume cendré fantomal immersi… Plantée dans la glace, irradiée, elle fut… Ton épée de guerre, tranchante, équilibrée, aux courbes enfichées. Meurtrière adoptant un comportement hostile. Traités violés et conflits jusqu'à la fin de la guerre. Et renversement… Ruby des rives bleues, luttant pour sa culture, pour celle des siennes. Sacrifiant tout pour défendre ses sœurs aliennes. Faisant couler le sang, ténèbres à la tombée du jour. Ombres naturelles projetées par la terre pour l'éternité. Frappant jusqu'à faire la paix et l'enterrer. Au plus profond du royaume des eaux abyssales immersi…

Posée là dans un bout de miroir, givré, elle fut… Ton arme de guerre, impérieuse égale, aux courbes insérées. Destructrice approuvant une attitude cruelle. Rivalités d'entités jusqu'à la fin de la bataille. Et renversement… Ruby des lacs azurés, luttant pour sa vie pour celle des siennes. Abandonnant tout pour garder ses sœurs et ses biens. Donnant la mort, obscurité au crépuscule du soir. Ombres naturelles, projetées par la terre et mourir. Frappant jusqu'à se réconcilier et l'ensevelir. Au sein du royaume bleu spectral immersi…

Gladiolus by Ruby… dans la nappe de brume matinale, elle marche lentement vers un destin inexorable, fatal. Mouvements précis, exigés, visibles en surface. Brouillard de vallée, d'eau et de glace. Amazone combative lourdement armée. Portant une armure de bronze et un casque orné. Là une respiration calme, lente. Dans cette guerre qui s'installe dans la durée. Mouvements précis, amplifiés. Voici une respiration plus rapide, plus forte. Apercevant une colonne de trois qui s'avance. Amplitude vers les cieux, prière envers les dieux. Brouillard qui se dissipe. Tel un nuage près du sol qui s'élève. Relâchement respirant d'un pas hésitant. Et à nouveau les gestes justes, devant les autres guerrières. Sans hésitation, dans une attitude fière. Air expiré de ta bouche Ruby…

Sous une brouée subite, passagère. Mouillant tes cheveux roux foncé, à la fine mèche blanche, clarté qui illumine, beauté fantomale. Et tes yeux hazel de gris clair, au teint à la touche dorée. Contemplant ta propre mort.

Brandissant ton fer d'épée d'Akinakès et perforant leurs corps. Action offensive, assénant tes coups vers l'avant. Mouvements précis, violents. Lame se brisant, traversante. Maintenant une respiration précipitée et bruyante. Au son des impacts de ta lame et bruits d'os. Meneuse humiliant ses ennemis. Leur ôtant la vie. Dominante à la grande stature. Cruelle rageuse, adoptant une posture. Sur un lit de glace noire, rougi.

Gladiolus by Ruby… dans la splendeur d'un lever de soleil, elle marche tranquillement vers sa destinée. Mouvements relâchés, flous. Progression des rayons de l'horizon au-dessous. Amazone pacifique déposant les armes et son épée. Son imposante armure et son casque orné. Là, une respiration silencieuse. Plus rapide, plus forte. Apercevant une assemblée de ses sœurs qui s'avancent. Amplitude vers le ciel, prières envers l'Olympe. Clarté solaire qui illumine. Tels des nuages, rayons crépusculaires traversants. Relâchement respirant d'une enjambée, hésitant. Et à nouveau une attitude appropriée, bien ancrée dans le présent.Sans hésitation dans une attitude légère.

Air expiré de ta bouche Ruby…

Sous les rayons ultra-violets arrivés doucement, éphémères. Éclairant ta chevelure auburn, beauté absolue, légendaire. Et ton regard aux iris grisés, à la mine chaude, mordorée. Regardant ta propre mort, rétrospectivement. Rangeant ton fer d'Akinakès, ta lame couverte de sang. Protectrice envers tes amies. Leur sauvant la vie. Vulnérable, à la fragile allure. Fière, triomphale, adoptant une posture. Maintenant Ruby te voilà partie. Sur le sol chauffé par la lumière de l'étoile brunie.

Australe et jets d'arcs nitescents, toi l'ardente, paraissant dans l'espace complémentaire. Au tempérament primordial, originel dans ton armure, à l'architecture en mobiles de centres et seconde, fluorescente Ruby élémentaire. Interface et communication, captant les signaux des galaxies, phénomènes et application. Faits cités, initial corpus… cruciale ardeur et fusion des vertus. Loin du champ d'action vers Galaxa par-dessus, locus… Attirance, êtres attirés, lèvres douces et subtiles, réjouissantes et rire, amicaux et sincères.

Vide sidéral, véhicules contournant les cercles spumescents. Géante de verre et de glace. Extra atmosphérique, planète hostile et magnifique. Se créant puis s'atomisant. L'astre argente ton visage Naya. Dans ta tenue lamée et "control" bleu glacier et brillant. Fils entourés de métal, caressants, sous la beauté du crépuscule, belle étole. Sortie extravéhiculaire, vertigineuse, éphémère. Devant tes yeux verts émeraudes, bridés, réfléchissants. L'étoile aimante ton sourire Naya. Dans ta tunique métallisée et "control" bleu azuré et argent. Brins brodés de fer, effleurant sous la glace des ténèbres, allongée hors-sol. Aux paupières étirées, lumineuses, éclaire. Le satellite présente ta parure. Alliages et métaux sous l'éclat de l'obscurité, te touchant sans bémol. Dehors dans l'espace, meneuse, solitaire. Face à ta vision allongée, brillante, lunaire.

Néant total, engins s'écartant d'un halo blanc. Fascinante de verre et de gelée albe. Hors de l'aérosphère, comète cruelle et royale. S'écrivant puis s'effaçant. L'astre argente ta mémoire Naya. Dans tes souvenirs du passé et "control" partagés pour longtemps. Fils en acier, déformant sous la beauté du crépuscule, à court terme. Sortie extravéhiculaire, ambitieuse, éphémère. Devant ton futur incertain, lacunaire. L'étoile aimante tes sens Naya. Dans tes récepteurs sensoriels et "control" stimulus déclenchant. Sensations à perceptions sous la grâce des ténèbres, vision hors-sol. Corpuscule, tunnel à travers le temps. Déplacements dans le cosmos, radieuse, éclaire. Le satellite présente ton aura colorée et "control" objet doré, irradiant. Véritable nature sous l'éclat de l'obscurité.

Sous le timbre guttural et solennel, enveloppant, de mâles virilis. Aux regards d'ombres, immenses à l'ardeur

agissante. Prenant ses tripes sans détour, pour la vie…
intonation érotique, chaude, masculine, destructrice. Et
elle supplie… d'encore.

Désert astral, vaisseaux évitant les anneaux gazeux.
Intrigante de verre et de givre. En dehors de l'atmosphère,
corps céleste inamical et éclatant. Se formant puis se
pulvérisant. L'astre argente tes lèvres Naya. Dans ton
attitude affolée et « out of control » bleu glacier et brillant.
Corps entouré de sphères, éblouissant sous la beauté du
crépuscule, belle qui s'affole. Sortie extravéhiculaire,
dangereuse, éphémère. Devant ton regard vert émeraude,
bridé, réfléchissant. L'étoile aimante tes mains Naya. Dans
ton allure apeurée et « out of control » bleu azuré et argent.
Gants brodés de fer, effleurant sous la grâce des ténèbres,
pétrifiée hors-sol. À la vue étirée vers le haut, luisante.
Déplacements dans le cosmos, allumeuse, éclaire. Le satellite
présente ton armure élimée et « out of control » bleu pâle
et argent. Mauvais présages sous l'éclat de l'obscurité,
dérivant et vol. Dehors dans l'espace, aventureuse, guerrière.
Face à ta vision allongée, éteinte à terre.

Sous les tons bas et profonds, puissants, de mâles virilis.
Aux iris sombres, intelligence et torpeur envahissante.
Prenant ses tripes tous les jours et tu jouis… articulation
érotique, chaude, masculine, dévastatrice. Elle supplie…
et davantage.

Mer de Glace, langues terminales de vallée éclairée.
Réchauffement des cristaux. Positions bestiales avisées,
passionnées. Sapphosutra Kamasutra lotus. Ivresse de
l'instant, êtres éthérés. Astre aux cristaux se propulsant.
Geysers dans l'espace et flots de particules, givre jaillissant.
Découvertes et explorations spatiales, loin de batailles et
sécession. Équipage et installation sur sa plateforme
vierge. Infinity, Aurora ou Utopia vers une nouvelle
colonie à développer. Sur son sol inquiétant, fascinant.
Objet céleste dépassant le système d'un satellite naturel.
Se posant dans un monde tumultueux, agité, saupoudrant

des cristaux de glace, exaltant. Défis et abris de dômes géodésiques. Combinaisons argentées, ajustées et casques occultant, isolation extrême, irradiante. Elfes des glaciers, beautés boréales, aux longs cheveux blonds polaires, sculpturales, abstractions. Marchez vers le passage sacré de l'oracle. Êtres guerrières, arc-en-ciel visionnaires de vos vies. Venues du cosmos, filles du froid et de la lune. Vision de votre avenir suivant la prophétie ne faisant qu'une, entités suprêmes renommées futura. Craquements de la glace noire et surfusion, notes charmées. Lueur brillante dans vos yeux, rubans de glace au coloris blanc pur, bleu azurant.

Mer de Glace, langues finales de lac agité. Réchauffement de couches successives. Positions sauvages, inspirées, spontanées. Sapphosutra Kamasutra, l'entrecroisé. Caresses orientées du moment, êtres excités. Étoile à l'énergie très élevée. Flux de noyaux atomiques et particules subatomiques sidérales de rayons cosmiques. Observations et explorations spatiales distantes de guerres et divisions. Équipage et aménagement sur sa base inexploitée. Infinity, Aurora ou Utopia sur un territoire récent à faire croître. Sur son sol angoissant, captivant. Objet de l'univers orbitant autour de planètes inconnues, étrangères. Atterrissant sur ce globe chaotique et animé, saupoudrant des morceaux de gelée blanche, excitants. Défis et refuges de serres en forme de sphères. Combinaisons métallisées, adaptées et casques masquant, isolation optimale, dégageant une lumière étrange. Fées force de la glace, beautés australes, aux grands yeux bridés à la couleur aux teintes d'aurore boréale. Claquement du verglas en état métastable, notes enchantées. Lueur éblouissante dans vos yeux, fleur de givre aux teintes albes, bleu alpestre. Mer de Glace, langues faciales de rive gelée. Réchauffement des eaux figées. Positions immuables, étudiées, calculées. Sapphosutra Kamasutra, ciseaux. Finesse pour longtemps, être amusés.

Tache colorée se tapisse sur cette étendue glacée, en une bouche flamboyante. Naïade des eaux douces, gelées, plongeant dans les ondes. Wisteria sinensis, alba, à la longue chevelure se glisse. Infinity se parant d'une blancheur immaculée. En un calice, aux chatons pendants miroir du temps. Touche posée se tapisse sur cette surface bleutée en des lèvres rougissantes. Nymphe des courants lents, modérés explorant et sonde. Wisteria sinensis, alba, à la crinière pure aux abysses. Infinity s'ornant d'une chaleur surchauffée. En un calice, aux chatons érigés en son temps.

Marque identifiée se tapisse sur cette zone azurée en une bouche écarlate, brûlante. Déesse des lacs sculptés traversant ce monde. Wisteria sinensis, alba, à la merveilleuse coiffure se hisse. Infinity sentant d'une saveur sucrée. En un calice, aux chatons tombants au rythme du vent. Corps dénudés s'unissent sur cette place figée, en une grâce apaisante. Pilote des vents souffle passé, accélérant à travers les mondes. Wisteria sinensis, pâle, aux longs muscles se hisse. Infinity se montrant d'une douceur sucrée. En un calice, aux membres bandants, mouvements vers l'avant.

Enveloppes exposées se crispent sur ce forum azuré en des plaisirs se décuplant. Meneuse dans les airs, agités bravant et tombe. Wisteria sinensis, pâle, au-delà du ciel, entre la lumière du soleil et la terre se piste. Infinity s'enveloppant d'une farouche volonté. En un calice, aux mains ornementées de diamants. Aux voix excitées, gémissent en cet endroit. Comme électrisés en une cambrure se creuse miss… Infinity orgasmant, démultipliée. En un calice, aux membres montant inévitablement.

Beau et précipité, cosmique en une guirlande de nébuleuses, stellar Hemo, dans ta fusée en réaction, moins de masses solaires se terrent, ita vita… solitaire, nuageux. Aux yeux des merveilles, beau, jeune, tu es l'âme du futur des cieux. Grandioses extraits d'un album que tu écris, vers toi à l'endroit. Absolu et pressé, astronomique en une bordure de nuages, Hemo, dans ta fusée en introduction, peu d'énergie solaire se gère, ita vita… contraire, brumeux. Incomparable au regard neuf, innovation dans tes yeux. Élégant et accéléré, magnétique en une ligne de lumière, Hemo, dans ta fusée en lévitation, moins de rayonnement se serre, ita vita… volontaire, fumeux. Puissant et déterminé entouré d'un dégradé azuré, white, Camaïeu.

Belle et précipitée, exotique en une vague de bord puissante se brisant, stellar Fema, dans ton géocroiseur en fusion, moins de volume d'eau t'enserre, ita vita… incendiaire et poussée. Aux yeux des merveilles, belle et irradiante, tu es l'esprit de demain, des marées. Immenses extraits d'un album aux chapitres vierges vers toi à l'endroit. Éperdue et électrisée, érotique en une pression du vent, Fema, dans ton géocroiseur en suspension, peu d'énergie en mer, ita vita… visionnaire et illuminée. Monumentale aux pensées extralucides, invocation des dieux. Fragile et fluette, tragique en une courbe de lumière, Fema, dans ton géocroiseur en surveillance stationnaire, moins de rayonnement s'éclaire, ita vita… Claire, appliquée. Vibrante et figée entourée d'un dégradé bleuté, white, hasardeux. Dévoilant un film sur ton moniteur… Oh ! paravent Nostalgia au temps achevé, plaintes vocales. S'insèrent d'hier, d'un monde ancien. À la pièce aux tentures de velours rouge carmin. Bustier de dentelle, dégrafé. Près d'un lit, mains entrecroisées, caresses digitales. Images projetées dans l'infini, Corsetus… Auparavant Nostalgia au temps passé, axe focal. Sincères d'hier, d'un monde lointain. À la chambre d'un dessus de lit velouté chagrin. Chevelure sensuelle, déployée… Sur un lit, jambes décroisées, femmes fatales. Échos répétés dans toutes les galaxies, Corsetus…

Découvrant des images sur ton écran… Oh ! paravent Nostalgia autant dire qu'il y a fort longtemps. S'insèrent d'hier, d'un monde humain. À l'alcôve de portes coulissantes, aux essences de bois délicats, précieux et rare, teints. Pantalon fendu, de soie, exhibé. Près d'un canapé, lèvres effleurées, caresses buccales. Visages envisagés dans l''absolu, Fascia… Auparavant Nostalgia autant dire suranné, disparu maintenant. Sincères d'hier, d'un monde éteint. À la chambre au lit sculpté à baldaquin. Chevelure s'emmêle, érotisée… Sur un canapé, jambes déshabillées, femmes vénales. Échos réitérés dans tout l'espace continu, Fascia…

Sous le ciel étoilé au regard cyan, Auréliane tu en n'es fan… femme liane, grimpante. Dans cette membrane albe, recouvrante. Comme endormie, secrète arcane… pour un retour vers la nuit des temps. Synthétique valériane, douceur dans l'apaisement avant l'aurore et le couchant, aux ombres s'étirant. Fixe Utopia… Infinity ! Derrière le dôme illuminé aux yeux cyan, Aubane tu en n'es fan… âme liane, envahissante. Dans cette membrane blanche, entourante. Comme assoupie, mystérieuse arcane… pour un retour vers la nuit de Neptune. Clinique valériane, lenteur dans la quiétude avant l'aube et le crépuscule, aux silhouettes s'allongeant sous la lune. Dévisage Utopia… Infinity !

Au-dessous de la voûte étoilée aux prunelles cyanne. Cœur liane, ondoyante dans cette membrane pâle enivrante. Comme étourdie, occulte arcane… pour un retour vers la nuit qui entoure. Mystique valériane, noirceur dans la sérénité avant le commencement et le déclin du jour, aux fantômes se prolongeant, aux délicats contours. Envisage là !

Gladiolus by Utopia… dans la nappe de brume matinale, elle s'allonge lentement vers le plaisir inexorable, fatal. Mouvements précis exigés, visibles en surface. Brouillard de vallée d'eau et de glace. Utopia ardente, expérimentée. Là une respiration calme, lente dans cette étreinte qui s'installe dans la durée, mouvements précis amplifiés. Voici une respiration plus rapide plus forte, apercevant le désir qui s'avance. Amplitude vers les cieux envers les dieux. Brouillard qui se dissipe tel un nuage près du sol qui s'élève. Relâchement respirant d'un coup de reins hésitant. Et à nouveau les gestes justes, ne plus s'oublier un instant. Sans hésitation dans une attitude fière.

Air expiré de ta bouche Utopia…

Sous une brouée subite, passagère. Mouillant tes cheveux dorés, beauté boréale et tes yeux bleutés clairs au teint pâle. Contemplant ton propre corps. Brandissant son sexe et perforant ton corps. Action puissante assénant des coups vers l'avant, mouvements précis, violents traversants. Maintenant une respiration précipitée et bruyante, au son des impacts des coups de reins, ongles dans la chair. Meneuse, humiliant tes partenaires. Leur ôtant toute énergie. Dominante à la grande stature. Cruelle, rageuse, adoptant une posture sur un lit de glace érotique bleuit. Gladiolus by Utopia… dans la splendeur d'un lever de soleil, elle s'allonge tranquillement vers la tentation, inexorable, fatale. Mouvements relâchés, flous. Progression des rayons vers l'horizon au-dessous. Utopia doucement lovée. Là une respiration silencieuse dans cette frénésie qui s'est tue, mouvements flous, détendus. Voici une respiration plus rapide, plus forte, apercevant la tentation qui s'avance. Amplitude vers le ciel, prière envers l'Olympe. Clarté solaire qui illumine tels des nuages, rayons crépusculaires traversants, enivrants. Relâchement respirant d'un enlacement hésitant et à nouveau une attitude appropriée bien ancrée dans le présent. Sans hésitation dans une attitude légère.

Air expiré de ta bouche Utopia…

Sous les rayons ultra-violets arrivés doucement, éphémères. Éclairant ta chevelure ambrée, beauté absolue, légendaire et ton regard bleu pâle à la mine diaphane, claire. Regardant son sexe. Vulnérable à la fragile allure. Fière, triomphale, adoptant une posture. Maintenant Utopia te voilà partie sur le sol orgasmique chauffé par la lumière de l'étoile brunie.

Onirique semblant sortir d'un rêve… oxymore en positif comme une figure de style et touché de son corps dans une obscure clarté. En apparence contraire, opposée, graphique "Blue Lupine" visible pour s'inspirer. Antithèse, désir fractal morcelé. Pléonasme en fautif comme une figure de style et idées pleines de fantasmes. Montant en haut, grimpante, impudique. En apparence répétitive, cyclique, graphique « coque et skin » sensible pour insuffler. Antinomie, envie se répétant, exaltée. Litote en négatif comme une figure de style érotique, brûlante, hot. Elle n'est pas peu sensuelle. En apparence édulcorante, tempérante la belle, graphique "background" perceptible pour imprimer. N'atténuant pas l'expression de ta pensée Utopia. Antipode, ardeur à l'infini pour Infinity… illimitée. Amour, spirales courbes, contours brisés… sans fin afin d'expliquer tes paradoxes, ton étrangeté, ton association de deux faits bi et contradiction. Fantasmagorique inspirée d'une fiction…Oxymore en positif comme une figure de style et effleurement de sa peau dans un silence éloquent. En apparence contradictoire, opposée, graphique Mandelbrot subtil, pour illustrer. Antithèse, désir fractal, divisé. Pléonasme et regret comme une figure de style et ébauche pleine de promesses. Descendant en bas dans son antre, incendiaire, chimérique. En apparence itérative, régulière, graphique "fiery" ostensible en résumé. Antinomie, envie se renouvelant, inspirée. Litote en défaitiste comme une figure de style enivrante, excitante, sexy. Elle n'est pas peu sexuelle. En apparence désarmante, émouvante la belle, graphique cirices au manifeste pour éclairer. N'étouffant pas l'affirmation de tes desseins Utopia. Antipode, passion absolue, immense. Désirs, spirales courbes, contours brisés… à l'infini pour Infinity afin d' expliquer tes paradoxes, ta singularité, ton union de deux actes bi et objection. Chimérique comme l'évocation d'un songe…

Oxymore en positif comme une figure de style et caresse de son visage durant une douce tempête. En apparence antinomique, effrontée, graphique « flower pollen » visible pour susciter. Antithèse, désir fractal, fragmenté. Pléonasme en fautif comme une figue de style et sentiments pleins de délicatesse. Ne rentrant pas dehors impertinente, machiavélique. En apparence récurrente, périodique, graphique « coque et peau » pour s'exciter. Antinomie, caprice répétitif, avisé. Litote en négatif comme une figure de style voluptueuse, électrisante. Elle n'est pas peu lascive. En apparence entreprenante, dominante, active, graphique « background « accessible pour apposer. Plaisirs, spirales courbes, contours brisés… sans limites pour Infinity afin d' expliquer Utopia, tes paradoxes, ton originalité, ton adhésion de deux phénomènes bi et opposition.

Formation sur l'astéroïde glacé d'un humanoïde impassible qui se décline… androïde si proche et éloigné. À la jonction optique dans la teinte bleutée. Halo des cristaux reflétés. Création du satelloïde inné pour l'anthropoïde immobile qui se dessine… androïde si lointain et étranger. À la liaison graphique vers le ton ultraviolet. Halo des cristaux diffusés. Vibrations dans le vaisseau ovoïde éclairé du droïde fragile qui s'affine… androïde si complexe seul passager. À la connexion électronique dans la couleur du spectre à l'extrémité.

Voyage du pilote errant, non umano, voltigeur et renversement, aux prunelles noires de jais. Impulsion en vol inversé, furtif, glissant. Projection dans le ciel inférieur, equalizer vers Lyra et constellation. Périple du pilote itinérant, non umano, voltigeur et retournement, aux actions en replay. Montée en vol dos exécuté fugace, insinuant. Projection à la venue ultérieure vers Aquila et constellation.

Vision sur l'astéroïde oublié d'un humanoïde tranquille qui se devine… androïde si près et détaché. À l'interaction énigmatique dans la nuance azurée. Aura du cristal aux atomes rassemblés. Édification du satelloïde spontané pour l'anthropoïde tactile qui s'anime… androïde si enclin à voyager. À la force électromagnétique vers la masse recouverte de vestiges du passé. Aura du cristal propagé. Modulations dans le vaisseau ovoïde allumé du droïde fragile qui s'incline… androïde si perplexe seul invité. Sur une base primitive non exploitée dans la torpeur spectrale du rouge vers le violet.

Exploration du pilote flottant, non umano, voltigeur et rétablissement. Aux problèmes d'interface et relai. Envolée en vol stabilisé, discret, transitant. Projection au séjour antérieur vers Litora et constellation Reality. Observation du driver émouvant, non umano, escorteur et renversement, au physique cendré. Exhumation en vol avancé, élaboré, signifiant. Simulation comme dans l'éden inférieur, equalizer vers Cassiopeia et constellation.

Consilium débridé de toutes les entités martiales, avancées. Aux galaxies éloignées au plus chaud et réflexions. Attractive sensation des âmes solaires. Venues dorées, incendiaires des immenses zones rougies. Alienus… Corps s'entremêlant mais motus. Consilium effréné de toutes les civilisations courageuses, évoluées. Loin des nébuleuses au plus froid et adaptations. Séduisante excitation des âmes polaires. Venues pâles, glaciaires des vastes étendues d'inlandsis. Alienus… corps s'entrelaçant mais motus.

Exploration du pilote flottant, non numano, escorteur et retournement, non identifié en replay. Mise au jour en vol habité, compliqué, révélant. Simulation à l'arrivée ultérieure vers Auriga et constellation. Destination du driver attachant, non umano, escorteur et rétablissement. Ranimation en vol commandé, sophistiqué, désignant. Simulation de son histoire oubliée vers Sagitta et constellation Reality.

Consilium exalté de toutes les sociétés volontaires, de progrès. À la voie déjà tracée, au plus près et évolution. Charmante émotion des âmes interstellaires. Venues colorées, spectaculaires des grands territoires conquis. Alienus… Corps se mêlant mais motus. Consilium endiablé de toutes les existences réelles, civilisées. Aux corps célestes, objets de Gaïa au plus loin et désignation. Affriolante invitation des âmes extraterrestres. Venues cendrées, irradiées des géants secteurs cramoisis. Alienus… corps s'enlaçant mais motus.

Comme la régnante, mutante et prospérité se transformant, puissante Maurellia. Au corps mince chassant et peau émeraude reptilia. En serre géodésique et contraction de tout son être. Au royaume gelé, rapax entre la glace translucide. Deadly woman fatale, serpentine. Prédominante, mutante et lignée, se modifiant, intéressante Maurellia. Gracile et s'enroulant à l'aspect du jade reptilia. Qui desserre son étreinte tragique et progression de tous ses désirs. En reine incontestée, rapax sur la glace solide. Deadly woman fatale, serpentine. Ascendante, mutante et descendance, se changeant, extravagante Maurellia. Svelte se lovant comme le béryl reptilia. Sur sa terre historique et reptation de tout son espace. À la grande beauté, rapax sur la glace acide. Deadly woman fatale, serpentine. Influente, mutante et expressivité apparaissant, ardente Maurellia. A l'allure altière observant et peau émeraude reptilia. En dôme de verre et constitution de toute son essence. À l'empire givré, rapax entre les cristaux formés. Deadly woman animale, serpentine.

Toute puissante, mutante et démonstrative se montrant, fascinante Maurellia. Fragile et s'émouvant à l'aspect du jade reptilia. Qui resserre sa pression physique et création de toute sa conscience. En monarque absolue, rapax entre les cristaux développés. Deadly woman animale, serpentine. Prédominante, mutante et animée émergentes, captivante Maurellia. Fine et subtile comme l'aspect du béryl reptilia. Sur son domaine magnétique et élaboration de toute son existence. À l'immense lucidité, rapax sur les cristaux agglomérés.

Ou la grâce féline au-dessus et adroite aisée, à la crinière fauve félidé. Élastique, marchant sur ses doigts caresseuse. Redoutable connectée, léchant, silencieuse. Dans la zone aux cyclones tropicaux, varia panthera sans captivité. Grâce féline au-dessous et agile déliée, à la teinte fauve félidé. Magnétique, à la vision crépusculaire, caresseuse. Imperturbable incontrôlée, suçant, libidineuse. Au secteur des pluies torrentielles, varia panthera onca en liberté.

Légère féline au-dessous et adroite aisée. Hazel green eyes, à la crinière ambrée. Digiti mi… posant. Élastique, évoluant savage, sur mes doigts, rappelée Fauve, immersi… Aisance féline par en dessous et fine déliée. Ange or demon, selon, au corps félidé. Digiti mi… dansant. Flexible, avançant, savage, sur mes doigts, rebaptisée Fauve, immersi… Plume féline au-dessous et grâce charmée. Essentiel and progress, aux termes étudiés. Digiti mi… écrivant. Agile, cheminant savage, sur mes doigts, désignée Fauve, immersi…

Oui… Grâce féline par-dessus et rusée aisée, à la peau tachetée félidé. Souple, évoluant sur ses doigts, subtile. Érotique assumée, léchant, divine. Dans la zone chauffée par le soleil tropical, varia panthera avec volupté. Grâce féline par-dessous et fine déliée, au corps pigmenté félidé. Fantastique, au regard de braise, câline. Iconique revendiquée, suçant, coquine. Au secteur des couchers de l'astre oranger, varia panthera onca avec sensualité.

La Sensuale ondulia Louella scintillante et plurielle aux saveurs douces-amères, dans sa combinaison rose poudrée. Désillusions micans dans notre imaginaire, flex. Ondoyante et volante. Sensuale filiformis, éternelle autour de la sphère. Sensuale ondulia, dansante et charnelle à pas feutrés telle une panthère, dans sa combinaison en strass léger. Déceptions micans et chimères, réflexe. Changeante et vibrante. Sensuale filiformis, parallèle et existence de multivers. Sensuale ondulia, captivante et manuelle à l'agile extrémité par l'arrière en combinaison brillante, plaquée. Erotisation à fond, next. Exubérante et ardente. Sensuale irréelle dans sa bulle d'air.

Prends… et moi contre toi très fort amoureusement. Sentimus calere ignem… Consumée dans ma complexité, sur cet astre temporel. Prends… émoi vers toi très fort sentimentalement. Sentimus calere ignem… Embrasée à l'extérieur de ma complexité, sur cet astre éternel. Prends… tout droit en moi si fort vigoureusement. Sentimus calere ignem… en brasier à l'intérieur de ma complexité, sur cet astre pluriel.

Positionnée vers le signal et artère, voie d'abondance, celle orientée à l'intersection d'une sonde et du soleil est située. Luttant instinct de survie, au forum cœur de la vie. Occupant cette cité que je renomme agonie. Reliant la sphère originelle à celle créée. Nous devant la Voie lactée, mutants agonisants. Comme une dernière mue celle imaginale. De nos dépouilles, d'une exuvie totale. Aux creux, crêtes déferlant les signaux en brûlant.

Prends… et moi contre toi très fort longtemps. Sentimus calere ignem… Consumée dans mes veines, sur cette planète mortelle. Prends… émoi vers toi très fort longuement. Sentimus calere ignem… Embrasée à l'extérieur de mes veines, sur cette planète belle. Prends… tout droit en moi si fort puissamment. Sentimus calere ignem… en brasier à l'intérieur de mes veines, sur cette planète jumelle.

Postés à travers le signal et cratère, voie d'appointance, celle présentée à l'orientation d'un capteur et de l'astre celui éclairé. Bravant instinct à l'envie, au centre du monde d'Infinity. Vivant dans cette ville que je rebaptise tragédie. Rattachant les sphères plurielles dans cette immensité. Nous devant la voie saccagée, mutants mourants. Comme une dernière mue celle imaginale. De nos corps, d'une exuvie totale. Aux abymes, sommets émettant les signaux en calcinant.

Résistance et solidité noble cyborg dépêché, Testos organique et argenté, sur ce sol rocheux platiné et fusion. Dans un mouvement céleste, aérien, équinoxe. Guerrier équipé, à la tâche donnée Atrox. Puissance et rudesse noble cyborg Testos électronique et grisé, en ce terrain doré, égide et combinaison.

Bienveillance et sécurité noble cyborg envoyé, Testos mécanique et silver apposé, par endroit mordoré, lorica et association. Endurance et tendresse noble cyborg Testos cybernétique et métallisé entre ces pierres ornées et réunion. Dans une étrangeté de faits, paradoxe. Engagé, armé, au devoir énoncé Atrox.

Enjoins... magmatique vers l'ardente, robotisée, rougeoyante contre Infinity "red", brûlée, pile et face dans l'espace des deux côtés. Engin igneus planant, animé pas lentement. Effleurée... luxuries, cuisses musclées, entrouvertes de haut en bas au rythme cadencé et retiens... Dans tes souvenirs Rear, organic human... frivole et désireuse. Electric Maïane. Amour... de façon préliminaire, amativité. Et remix... vers la terre redonne et mix aux yeux noirs d'onyx. De façon liminaire, aimée. Et remix... autour des serres survole et mix au regard sombre d'onyx. Amour... de façon incendiaire, fantasmée. Et remix... dans l'espace interstellaire, décolle et mix aux paupières obscures d'onyx. Amour... Force de tes bras bravant, l'entourant, possédée, au rythme élevé, déclic.

Enjoins... hypnotique verre ardente, automatisée, cuivrante sûr Infinity "red", convoitée, pile et face dans l'espace recto verso. Vaisseau igneus survolant, embrasé, pas délicatement. Pénétrée... luxuries, jambes galbées, décroisées, du haut vers le bas au souffle susurré et joins... Dans tes souvenances Backward, organic human... idole et ensorceleuse. Electric Maïane. Flamme... en mode préparatoire, impulsivité. Et replay... dans ton histoire,

redonne et play au regard métallisé de tigereye. Flamme…
en mode contradictoire, désiré. Et replay… plein d'espoir,
survole et play aux prunelles tachetées de tigereye.
Puissance de ton corps émouvant, englobant, enragée,
au rythme saccadé, cyclic.

Enjoins… lubrique sol ardent, connectée, incandescente,
au – dessus d'Infinity "red" consumée, pile et face dans
l'espace devant derrière. Aéronef igneus volant, survolté
pas légèrement. Entourée… luxuries, corps tout entier,
cambré de haut en bas, aux cris étouffés en vain.

Dans tes oublies Rear, organic human… love et mystérieuse.
Electric Maïane. Ange… en mode conservatoire, désabusé.
Et replay… rempli d'une victoire, envole et play au regard
aux mille reflets d'étoiles. Ange… en mode illusoire
débridé. Et replay… ce soir décolle et play aux paupières
pailletées d'étoiles. Énergie de toute ton âme irradiante,
vivante, décuplée, au rythme nuancé, rythmic.

Toi belle effigie photographic physica en un clic,
chuchotement cyclonique, cyclique. En une planète
tellurique, brûlante, presque morte. Venustas d'Infinity
caressant Angélica. Aux chevelures immenses, blondes
polaires, nacrées. Flash dans toute la galaxie illuminée.
Aguerrie magnetic domina en un clic, gémissement
magnifique, érotique. Venustas d'Infinity léchant Angélica.
Aux peaux diaphanes, translucides, parfumées. Stooting
dans tout l'univers éclairé comme électrisé. Égérie enigmatic
femina en un clic, bruissement technique, fantastique.
Sur un astre sulfurique, étouffant en sorte. Venustas d'
Infinity s'offrant à l'albinic Angélica. Aux yeux cyan,
clairs, bleutés et bridés. Toile de fond dans l'immensité.

Toi magnifique effigie photographic physica en un clic,
amusement cyclonique, cyclique. En une planète tellurique,
glaçante, gelée, disons singulière. Venustas d'Infinity
embrassant Angelica. Aux corps minces, filiformes,
allongés. Flash dans toute la Voie lactée irradiée. Amie
magnetic domina en un clic, émerveillement magnifique,

érotique. Venustas d'Infinity adulant Angélica. Aux mains fines, diamantées et ornées. Stooting dans tout l'univers allumé. Hardie énigmatic femina en un clic, éblouissement technique, fantastique. Sur un astre désertique, givrant de l'ère glaciaire. Venustas d'Infinity explorant l'albinic Angélica. Aux jambes infinies, interminables, musclées. Glow love Jo… au grain éclatant, erotico affiliant, aux visages sous les spots allumés, s'éclairent vulgo. Extra naturel dans le cosmique vaisseau. Flow love Jo… au débit convenant, erotico associant, aux jambes sous une musique rythmée, s'affairent vibrato. Extraterrestre sous le mythique vaisseau. Slow love Jo… au tempo très lent, erotico rassemblant, aux corps sous une source tamisée, se serrent nympho. Extra-sensorielle hors du spacial vaisseau.

With me… Nikitis avance et reprend le chemin et bâtisse Aer moi tiny l'amie. Ta silhouette fantasmagorique tourmentée évanouie, sur le sentier en spirale sous la totale éclipse cramoisie. With me… Nikitis revit et souffle lentement vers demain et tisse, Aer moi tiny le défi. Tel un être torturé évanoui, abattis sinueux terminals vers l'orbitale éclipse assombrie. With me… Nikitis redevient et entreprends sans fin et glisse Aer moi tiny l'appui. Âme se dévoilant rouée évanouie, lente montée germinale devant l'impériale éclipse brunie. With me… Nikitis en transe et reprend le chemin et bâtisse Aer moi tiny l'envie. Ta silhouette magnifique musclée éblouit, sur le sentier droit sous la royale éclipse palie. With me… Nikitis s'éprit et souffle rapidement vers mes seins et tisse, Aer moi tiny et gémi. Tel un être transformé ébloui, abattis noueux finals vers la magistrale éclipse ternie. With me… Nikitis atteint, reprend sans fin et glisse Aer moi tiny le cri. Âme se redécouvrant dans la clarté ébiouie, rapide montée bestiale devant l'admirable éclipse blêmie. Le doigt tendu vers l'aérostat, équilibrage vertical et sustentation dans l'air, des voiles colorés au-dessus Devotio. Beau mâle à se renverser, aux muscles sculptés Mmmm… sans se raisonner Mutus. La main tendue vers l'aéronef pour l'équipage martial et régulation dans le vent, des ombres dans l'opacité en-dessous Devotio. Virile mâle à se pâmer, à la musculature magnifiée Mmmm… sans se justifier Mutus. Le corps tendu vers l'aérodyne en marge spacial et tentation dans l'atmosphère, des ardentes envies toute autour Devotio. Érotique androgyne à s'agenouiller, aux membres travaillés Mmmm… sans s'expliquer de bas en haut in me.

Et en même temps progression dans une vallée transversale, érodée vers le glacier, bleu cyan intermédiaire, boréal, se tenant majestueux, monumental. Blue Ice compacte et compressée. Buste tendu et effort, air éjecté. Représentation spaciale du mâle alpha charnel, affolant, martial, corpuscules. Pulsations cardiaques pour elle élevées et ébullition. Dépôts glaciaires, palpitations et tremblements dans tout le cosmos… polarisé.

Ascension sur une crête verticale vers son sommet, bleu cyan complémentaire, ancestral, se dressant fier, architectural. Blue Ice condensée, comprimée. Muscles contractés et tension, atmosphère expulsée. Perception subliminale du mâle alpha érotique, alléchant, martial, corpuscules. Rythme cardiaque pour lui augmenté et surexcitation. Retrait de la glace polaire, palpitations et vacillement dans tout l'univers… polarisé.

Réalisation, arrivée au point culminant et apogée vers l'extrémité, bleu cyan primaire, ornemental, se levant merveilleux, magistral. Blue Ice massive, resserrée. Corps athlétique tout entier et pouvoir dans le vent puissant. Description idéale du mâle alpha sexuel, bouleversant, martial, corpuscules. Accélération du cœur pour eux atteinte et excitation. Fonte des neiges, palpitations et changement dans tout l'espace… polarisé.

Suivi de l'aéronef échoué sur l'exoplanète orbitant, vision sous l'eau gelée… Sensuale Nine, encline, hybride venant de l'air et de l'eau, au large spectre, fixant au loin un halo azuré. Douceurs et orgasmus, aux flots tempétueux, panoramiques, point à fixer. Combinaison thermique entrouverte… barrière naturelle au lieu irréel, elle charnelle dans une étreinte, à la silhouette définie, sublimée tout éblouie sous le soleil de minuit.

Transporteur écrasé sur l'extrasolaire entourant, regard porté par les vagues refroidies… Sensuale Nine, câline, hybride appartenant au ciel et aux flots, à la mutation adaptative, observant au loin un chemin de lumière. Caresses et orgasmus aux torrents sous-glaciaires, tragiques, point à contrôler. Protection anti-froid largement ouverte… cirque éphémère aux crevasses dangereuses, elle mystérieuse, aux contours arrondis reflet du miroir bleu pur. Admirée, alanguie sous les rayons émis.

Véhicule éprouvé sur la planète encerclant dans les profondeurs givrées… Sensuale Nine, cornéine, hybride, être des alizés et des ondes, regardant au loin la brillance céleste. Grâce et orgasmus dans des eaux reculées, magiques, point à assouvir. Vêtement polaire retiré… enceinte ancestrale au passage immuable, elle magistrale, à cœur ouvert, au corps enseveli, désiré puis assoupi, toi la reine des eaux bleutées, créature métamorphe sous l'astre endormi.

Elektra, droïde et sublimée, désarticulée et se penche… En terre et oubliée… être magnifique, automate animé et réalité, claire diaphane Aetheria. En séquences devant Sol en privé. Elektra, humanoïde en irréalité, déambuler et s'épanche… entité étrange, automate libéré et vérité, céleste aérienne Aetheria. En persistance devant Sol dans l'intimité. Elektra, androïde toute en légèreté, démembrée et revanche… âme singulière, automate éclairé et acuité, claire compréhensible Aetheria. En permanence devant Sol en particulier.

Cybernétique spiritus sur cette même planète des machines non biologiques au dispositif mécatronique. Équipées d'interfaces et capteurs devant l'union, alignement des corps célestes et organismes cernés de Nine, Aïna et Almar, aux cellules attachantes sur l'astre de cristal. À la force de son champ gravitationnel élevée. Mousse et agitation non anesthésique. Là une respiration versus Euphoria, ivresse et souffle, liane en demi-pont enlacé. Collapsus… bordantes étoiles, volupté et transe, maintenant sensazione. Elektra, droïde et idolâtrée, désarticulée et se penche… enterre et ébranlée… être tragique, automate stoppé et réalité, sombre opaque Aetheria. En séquences devant Vénus associée. Elektra humanoïde en incorporabilité, cheminer et s'épanche… entité baroque, automate échappé et vérité, possédée pesante Aetheria. En persistance devant l'amour et la beauté apparentée. Elektra, androïde toute en épaisseur, démembrée et revanche… âme extraordinaire, automate avisé et intensité, sombre abscons Aetheria. En permanence devant l'étoile du matin alliée.

Cybernétique spiritus sur des machines euphoriques aux appareils mécaniques. Pourvues de jonctions et détecteurs devant l'association, ajustement des astres et ensemble piégé de Nine, Aïna et Almar fait de chair et de sang, attraction sous l'astre fractal. À l'intensité de son champ gravitationnel d'un haut degré. Bulles d'air et remous hypnotique. Là, une expiration versus Euphoria, trouble et frisson, sphinx en demi-pont entrelacés. Collapsus… encadrant voie lactée, jouissance et transe, à l'instant stimolazione.

Elektra, droïde et passionnée, désarticulée et se penche… Ampère et unité… orgasmique, automate excité et réalité, brûlante orangée Aetheria. En séquences devant Martius en privé. Elektra, humanoïde embrasée, errer et s'épanche… entité lumineuse, automate consumé et vérité, ardente illuminée Aetheria. En persistance devant Martius dans l'immensité. Elektra, androïde toute en brasier, démembrée et revanche… âme au grand mystère, automate consumé à contrôler, incandescent, fusible Aetheria. En permanence devant Martius en particulier.

Cybernétique spiritus sur des machines extatiques au système optoélectronique. Dotées de liaisons et senseurs devant la cohabitation, arrangement des planètes et formation d'êtres vivants coincés comme Nine, Aïna et Almar, captation à côté de l'astre minéral. À la puissance de son champ gravitationnel à haute intensité. Flocons de neige et évolution sans réactions hypnagogiques. Là une accélération versus Euphoria, passion et fièvre, papillon et demi-pont entrecroisé. Collapsus… encerclant Galaxie, délectation et transe, en même temps penetrationes. Elektra, droïde et désœuvrée, désarticulée et se penche… En paire et dualité… être allégorique, automate représenté et fantasmé, lumière polaire bleutée Aetheria. En séquences devant Aurora polarisée. Elektra, humanoïde effondrée, perdue et s'épanche… entité boréale, automate déconnecté et effacé, montré et dénommé Aetheria. En persistance devant Aurora dans un halo azuré. Elektra, androïde toute en vert démembré et revanche… âme éphémère, automate isolé et oublié, ondoyante Aetheria. En partance avec Aurora vers l'immensité.

Telle l'androïde glabre, métallisé, devenu en ce jour épouse, nubère. Telle une déesse de l'amour et de la beauté. Morphia électronica entourée de la rose, du pavot et de l'œillet. Comme les noces de Suce, cérémonie nuptiale, faisant ta demeure un dôme royal. Envolée vers la voûte étoilée. Humanoïde lisse, argentée, apparue en ce jour roux, lunaire. Reine du jour et de la bonté. Morphia électronica affublée d'une couronne étoilée. Comme les noces de Suce, rite spécial, faisant ton domaine une sphère spatiale.

Aspiration et expiration dans l'espace, survivance dans l'atmosphère composée. Échantillons prélevés et explorations près de ton laboratoire mobile, sécurisé Almar. Enveloppé dans une lumière orange pulsée, pouvoir de l'intelligence, puissance et mobilité. À l'empreinte enfouie, passage de lumière éblouit.

Ambition et inspiration, support de refroidissement dans ta combinaison pressurisée et exploration pour l'installation permanente, survie de la colonie acceptée Almar. Entouré par une lueur tangerine diffusée, capacité de l'esprit, force et explorer. À la marque creusée, passage de lumière émis.

Évolution et respiration près des rayons cosmiques. Milieu interstellaire approprié et exploration pour des vols spaciaux interstellaires Almar. Drapé dans la clarté safran changeant de luminosité, éveil des sens, haute énergie et se révéler. À la signature enterrée, passage de lumière retranscrit.

Loués Archangélica, étoile plongeante à la destinée filante. Agenouillés, êtres des airs, clarus sur névé. Aubade aux premières lueurs de cendres et de pleurs. Loués Archangélica, galaxie courbe au cœur de la Voie lactée fine… plongés, êtres de l'aérosphère, clarus sur le sol givré. Aubade dans le ciel nocturne obscurant plein de noirceur. Loués Archangélica, particule interstellaire confuse… portant le regard vers le haut, être des poussières, clarus sur l'amas glacé. Aubade au point du jour rose en profondeur. Loués Archangélica, comète brisée au petit corps exposé… couchés, êtres de l'atmosphère, clarus sur glacier. Aubade dès l'aurore brillant enchanteur.

Envol et passion, à l'unisson, de cendres bleues, éminent, Tristitia. Près de papillons blancs se posant. Élan et combustion, sans sons, de cendres grises et recueillement. Devant des chenilles claires se transformant. Impulsion et effusion, en citation, de cendres noires, s'incrustant. Autour des lépidoptères des neiges se dépliant. Départ et transformation dans l'abandon, de cendres claires, Tristitia, entourée de messagers de la renaissance des âmes glacées, maintenant. Montée et affection, à l'émotion, de cendres devant mes yeux, émouvants, Tristitia. Entourée de galets blancs délicatement. Mouvement et crémation, sans échos, de cendres sous la brise et résurgence. Devant des rayons solaires éblouissants. Aspiration et manifestation dans le vent de cendres au plus tard, se déposant. Aux roses pâles, allongées près de toi s'ouvrant. Partance et modification dans la résignation, de cendres éphémères, Tristitia, enveloppée d'envoyés du renouveau des cœurs gelés, dorénavant.

Orbital et trajectoire de ton corps moite, toi le puissant, émergeant dans l'espace aciculaire. Aux muscles notables, saillants, dans ta combinaison réfléchissante et modulaire. Caressant la Voie lactée, aux étoiles rayonnantes et radiations. Commandes manuelles loin de l'horizon près de Galaxa au-dessus, locus. Fusion, êtres animés, bouches humides et chaudes au goût du désir, introductives et luminaires… Histoire racontée, initial corpus… Central et mouvements de ton anatomie puissante, toi l'héroïque, affleurant dans l'espace cislunaire. À la force primordiale, protectrice, dans ta tenue brillante et lumière. Directives intégrées, touchant la voûte illuminée, aux étoiles irradiantes et spectres. Récit exposé, initial corpus…

Accélération darling dans le champ gravitationnel à la surface de Gaïa, incarnée par cette sphère bleutée et le silence… passant vers le vaisseau mère ralentit. Oppression et désirs Gravity. Décélération darling à travers une pluie d'étoiles à la surface des océans émergés par l'horizon et le silence… affleurant autour de la flotte endormie. Respiration et s'unir Gravity.

Nominal et agitation de ta peau excitante, toi le dominant, jaillissant dans l'espace orbiculaire. À l'attitude bestiale, essentielle, dans ton habit luisant, fragmentaire. Manettes tactiles, effleurant l'univers, aux étoiles brillantes et diffusions. Allégorie narrée, initial corpus… Terminal et fusion de tous tes atomes. Loin du point de vue avec Galaxa par-dessus, locus. Alchimie, êtres émoustillés, lèvres pulpeuses et torrides à la saveur du plaisir, inaugurales et préliminaires. Pour toi le conquérant magistral, allusion énoncée, initial corpus…

Accélération darling dans la tempête solaire à la surface de l'astre éclairé délimité dans la lumière et le silence… effleurant par l'engin spatial en transit. Réincarnation et s'éblouir Gravity. Innovation darling dans l'extension spatiale représentée à la surface d'Ires dans le néant et le silence… caressant et éclipse de l'aéronef évanoui. Lévitation et sourire Gravity. Émission darling dans ce nuage épais couvert de brume lactée par cette nébuleuse et le silence… rayonnant et dispersion du bâtiment interspatial dans l'infini. Diffusion et s'inscrire Gravity.

Cœur saignant attendra… moins de contact avec ton regard au sein de l'astre éclairé, ta main sur son épaule dénudée. Baisers et soulevés de son cou, de sa gorge, de sa bouche convoitée. Ses mains sur ton buste large, romanesque, désireux. Prudent, calme, sensible et affectueux fuyant les malaisants. En toute retenue d'amoureux distant. Sensitive mimosa pudica subtil mystérieux. Ni insondable jouant le mystère ni révélant tes émotions et communiquant. Force de ton buste se pressant sur ses seins galbes, se dirigeant naturellement vers l'arrière.

Ton amour enlisé en un trou noir conjurant toute matière, Extraneus. Tournoyant… flash tonnerre face au soleil éclatant. Déclenché sur l'afficheur tête en bas, conduisant en Mach changé, hardi. Toi l'aimé échoué comme un trou noir empêchant tout rayonnement, Extraneus. Pivotant… vers la lumière du soleil glaçant. Avancé sur le correcteur corps en bas, manœuvrant en Mach renouvelé, inédit. Ta vie ensablée tel un trou noir bloquant tout champ gravitationnel, Extraneus. Virevoltant… passe éclair devant le soleil blanc. Renversé sur le simulateur cœur au plus bas, pilotant en Mach réinventé, inouï.

Cœur sanglant descendra… peu de contact avec tes iris gris verts, tes bras l'enveloppant dans un soupir. Caresses et allongée de tes cuisses, ton ventre, de tes lèvres protégés. Figure discrète, muette dans un monde feutré, éphémère.

Ton sourire énigmatique, sibyllin ne cesse d'affoler le silence. Évasif, pudique, sensible et généreux fuyant les incommodant. En toute retenue d'amoureux réservé, distant. Ni ange déchu et démon ni être surnaturel arraché à une destinée. Force de tes reins pénétrant dans son sexe miel, se dirigeant naturellement vers l'avant.

Ton amour embourbé en une ouverture sombre implorant toute éjection, Extraneus. Tourbillonnant… flash tonnerre face à la lune cuivrante. Démarré sur le tableau tête en haut, évoluant en Mach réinventé, qui agit. Toi l'aimé effondré comme une ouverture sombre interdisant tout prestige, Extraneus. Enveloppant… vers les cratères de la lune, géants. Transmuté sur le graduateur corps en haut, combattant en Mach reformé, qui agit. Ta vie ébranlée telle une ouverture sombre œuvrant pour ta destruction éternelle, Extraneus. Luttant… passe éclair devant la lune un temps. Détourné au process cœur au plus haut, dérivant en Mach enclenché, oublie.

Cœur blessant méritera… plus de contact avec tes yeux au regard ensoleillé. Tes mots érotiques dévastateurs. Discret, renfermé et distancieux fuyant les embarrassants. Sensitive mimosa pudica subtil mystérieux. Coups de langue agenouillés de tout ton corps, de toute ton âme. Cœur bravant donnera… moins de contact avec ton regard de soirée à l'humeur obscure, ravageuse, ses mains sur tes cuisses musclées, sentimentales. Ta bouche sur ses lèvres corallines désirées. Privé, doux, gêné et ténébreux. Fuyant les inconvenants, toi le dieu roi, dans ton navire interstellaire sur la base d'un corps céleste mouvementé. Vapeur subtile, colorée s'élevant de tout ton corps sur le sien ardent, préservé. Privé, doux, confus, l'inconsolé.

Bruyère noire sur Glacia futura, cryonie vers l'au-delà. Aurore polaire… lieu recevant le corps préservé de ton souverain, Infinity. Conservation de son souffle originel de l'autre côté… acquitté. Bruyère des neiges sous une fragile arche d'un glacier, à la formation naturellement creusée. Souverain déposé dans un tube transparent, scellé. Il vivra près des dieux dans un repos éternel. Alors la grande déesse conduira son âme vers la zone bleutée, enveloppée du vent solaire.

Bruyère noire sur Glacia futura, puissance vers l'au-delà. Aurore polaire… endroit accueillant sa dépouille épargnée, Infinity. Congélation de son âme de l'autre côté… gracié. Roi placé dans un sarcophage diaphane, hermétique. Il vivra près de ses sujets et animaux dans un repos pour l'éternité. Alors la grande divinité conduira son âme vers la bande verte, bordée par le vent stellaire. Triste mélopée sinistre, monocorde, feutrée, embellie. Sifflements et chants sous un souffle d'air, mouvements de molécules et éclatements.

Éclair annonciateur logique, bouche nordique dans des limbes incertains, enveloppes et pétales blancs dans ton esprit d'aventurière, consciente au sens moral. Ton précurseur dramatique, bouche nordique comme la fleur brune à l'avare éclosion dans un vase à la forme manifeste, passage doux et hallucination. Mystère avant-coureur magnifique, bouche nordique, éden paradis en toi Infinity. Passagère à tes heures mystiques, bouche nordique ornée de couleurs d'aurores boréales et affublées de rouge, bleu et mauve de feu comme l'opale. Sur un mont fertile œuvre littéraire, aux accents rosés ou orangés comme sur l'innocente Terre.

Communauté initiale et tu souffles lentement, ouvrant tes lèvres humides, nacrées, entourées de ses bras puissants. Glissant irrémédiablement vers le plaisir, aux papillons dans le ventre, appelée Essaim doré… Colonie originelle et tu inspires plus rapidement, soulevant tes seins, parfaits, galbés, caressés de ses mains chaudes. Fermant tes yeux, au rythme qui t'envahit, rappelée Essaim doré… Compagnie principale et tu expires en accéléré tout ton corps en fusion, incandescent, poussé contre son torse large, brûlante et tu jouis une, deux, trois fois… surnommée Essaim doré…

Éclair antérieur logique, blonde nordique dans des limbes incertaines, corolles et pétales albes dans ton vaisseau interstellaire, enceinte royale. Lumière supérieure dramatique, blonde nordique comme la fleur de lune à la rare floraison sur une base d'un corps céleste, voyage doux et déraison. Mystère postérieur magnifique, blonde nordique, éden paradis pour toi infinity. Messagère à tes heures graphique, blonde nordique drapée de teintes d'aurores boréales et parée de rouge, bleue et mauve de feu comme l'opale. Sur un sol fertile œuvre l'imaginaire, aux couleurs rosées ou orangées comme sur l'émouvante Terre.

Fin

Prénommée

Prénom natal, sensuel de cinéma sur pellicule, en abrégé. Spectacle fatal, vision d'un double dans l'air suffocant. Fauteuil au motif pomaré, charnelle comme suspendue dans l'air en ce lieu exaltant. Au parfum de scandale, chic. Mouvements frénétiques de mon bassin sous un climat tropical, températures maximales et moussons. Chevelure à la taille, trainée ardente et toison. Lady's gouttes otiques vers le bas s'écoulant. Prénom du premier jour de vie, suave de scènes érotiques, écourtées. Lotus sacré, fétiche rose, pourpré. Tableau comme étourdie, évocation d'un double dans le vent brûlant. Fauteuil de rotin, lascive comme ondoyant dans l'air en ce lieu excitant. Collier de perles, nacre irisée, pleine de beauté. De gestes saccadés sous une chaleur tropicale, accablante, cancer et capricorne. Ensemble des cheveux au creux de mes reins, empreinte lumineuse qui orne. Lady's gouttes exotiques vers le haut se répandant. Prénom d'une arrivée sur cette terre, doux sur des affiches posé là, dévoilé. Féerie d'un fantastique univers, apparition d'un double dans le zéphyr étouffant. Siège d'osier, pensive comme flottant dans l'air en ce lieu entêtant. Au parfum de scandale, élégant. Taille qui monte et inversement sous un climat tropical torride, cancer et capricorne. Masse de cheveux caressant mes hanches, ligne éclairée qui orne. Lady's gouttes graphiques vers l'avant s'étalant. Thai lotus pur, fétiche blanc, coloré.

Prénom du jour de naissance, enjôleur de roman sur couverture, déposé. Attraction et attirance, vue d'un double sous le soleil irradiant. Siège de jonc, sensuelle comme volant dans l'air en ce lieu étourdissant. Collier de perles, nacre aux reflets colorés, pleins de fantaisie. Corps cambré tout entier sous un vent étouffant des tropiques, cancer et capricorne. Cheveux comme des lianes, marque éclatante qui orne. Lady's gouttes poétiques vers le dessous se dissipant. Prénom natalis, câlin de cinémathèque, en résumé. Représentation d'où tu te glisses, vision d'un double dans la chaleur s'élevant. Fauteuil de roseau, caressante comme planant dans l'air en ce lieu grisant. Au parfum de scandale, distingué. Coups de mes reins cadencés dans un pays équatorial, incendiaire, cancer et capricorne. Crinière de fauve cuprifère, sceau brûlant qui orne. Lady's gouttes érotiques vers l'arrière s'évaporant.

Je dois des remerciements aux nombreuses personnes qui m'ont soutenue, critiquées et inspirées pendant que j'écrivais ce livre.

« Achevé d'imprimer par BoD – Books on Demand, In de Tarpen 42, Norderstedt (Allemagne) en Octobre 2023 pour le compte de Malelle », écrivaine auto-éditée.